使用済
CONDOM
ギルティ　原作
萬屋MACH　著
犬・よしき　原画
PARADIGM NOVELS 86

登場人物

草凪《くさなぎ》栞《しおり》　貴之の彼女の女子大生。玉の輿をねらっている。

上條《かみじょう》貴之《たかゆき》　外資系企業の会長の御曹司。サラとは義兄妹。

サラ・カラリエーヴァ　ハーフ。予備校で英語の講師をしている。

霧島《きりしま》沙希《さき》　大手企業のOL。最近、彼氏と別れて欲求不満気味。

小笠原《おがさわら》静香《しずか》　和服美人の茶道の家元。根っからのマゾヒスト。

御子神《みこがみ》千明《ちあき》　栞の従姉。神社の巫女をしており、堅物な性格。

東堂《とうどう》勝彦《かつひこ》　妄想と覗きが趣味の、予備校生。もちろん童貞。

今居《いまい》忍《しのぶ》　美久の担当編集者。美久に実践でHを指導する。

早瀬《はやせ》美久《みく》　幼く見えるが19歳。エロ漫画家として活躍中。

栞

沙希

目次

彼女はソレを不思議がっていた。
バブル期に建てられたこのハイソサエティマンションの入り口付近には、商品名も表示されていない1台の小型自動販売機が常時稼動している。商品名が不明な上に、料金は1つ600円のものと1000円のものの2種類。…………外国育ちの彼女には、最初ソレが何だか分からなかったのだ。

サラ・カラリエーヴァ、それが彼女の名前だ。アメリカ育ちで日露ハーフの21歳。白い肌に赤い唇、ナイルブルーのぱっちりとした瞳が印象的な、どちらかといえば可愛《かわい》らしい顔立ちをしている。ただし首から下に続いていくボディのラインは、さすがは外国産といった貫禄《かんろく》を備えていた。空色のニット地で織られたノースリーブタートルネックの前面を押し上げるように、見事な大きさのバストが強烈に存在を主張している。髪の毛は勿論金髪で、プレイメートかスーパーモデルみたいなプロポーションを周囲に見せつけていた。

そんな彼女が、朝日を浴びるコンドームの自販機を見つめて、怪訝《けげん》に首を傾《かし》げている。

「タシカ、昨日の朝中身が補充されたハズナノニ……もう売り切れデスカ?」

セキュリティの行き届いた白亜のマンションの敷地内には、外部からの利用者などやって来はしない。それなのに、この自販機のコンドームはその日の夜には完売してしまう。

毎朝毎朝、四角い金属のボディには2種類の商品が補充されていく。

昨日も、今日も、明日も、チャリン……ガタガタンと、誰かがアレを購入している。

生出しマニアギャル

流行のポップスソングが流れている、駅からほんの少し歩いた場所にある喫茶店。

紅茶の品揃《しなぞろ》えが自慢というお店の奥まったテーブル席に、女子大生・草凪栞《くさなぎしおり》はムッとした顔付きで座っていた。

「な、何故《なにゆえ》そのような険《けわ》しい顔をされるのですか？」

栞と向かい合って座っているのは、彼女の従姉《いとこ》である御子神千明《みこがみちあき》だった。異様に目立つ朱色の袴《はかま》を身に着けた、巫女《みこ》を生業《なりわい》としている長い黒髪の女は、何も注文せずに水だけをすすっている。しかし、その袴にはやけにほころびが目立つ。

「千明さんの顔なんか見て喜べません！」

襟首の所で揃えたオレンジ色の髪を揺らして、パウダーピンクのルージュが乗った唇が、ダージリンティーをグイッと飲み込んで言った。

「私は、まだ何も申しておらぬが……」

「お金借りに来る以外に、千明さんが私んトコに来た例《ためし》ないじゃない！」

「そのような人聞きの悪い……。毎年、年始の挨拶《あいさつ》に伺っているはず……」

「お餅《もち》食べに来てるだけでしょ。だいたいこないだ紹介してあげたファミレスのバイトはどうしたのよ？」

19歳の従妹の刺すような言葉に、22歳の処女巫女は額に脂汗を浮かせている。

「……あれは1日で廃業致した」

「辞めたぁ？」

「あのような淫《みだ》らな制服を身に着けるなど、神に仕える私には許されぬ事」

「淫らって……ただのミニスカートじゃない」

栞は呆《あき》れて、カップの紅茶を最後まで飲み干す。

そもそも彼女がこの店に入ったのは、恋人との待ち合わせが目的だった。そこへ突然袴《はかま》を穿《は》いた疫病神が現れたのだ。1秒でも早く消えて貰《もら》いたくてたまらないのが本心だった。

（それにしても、どうして千明さんは私の居所が分かったのかしら……？）

巫女をやっているだけあってか、この貧乏神は時々妙な霊感を発揮する事があったりする。だからって、それが幾許《いくばく》かの収入をもたらす訳ではない。

するとその時、何処《どこ》からともなくギュルギュルルルルッと奇妙な音が聞こえてきた。

千明のお腹の虫が鳴ったのだ。

（……………ご飯も食べてないのね）

栞はやつれ気味の従姉の顔色を見て思った。

（……お風呂にも入ってないのかしら？）

元来は目元のシャープな美型なのだから、この化石のような堅物根性さえ直せば幾らでも稼げるだろうに。

（やっぱ甘やかすべきじゃないわよね。働かないのが悪いんだから）

意を決して、栞は年上の身内に言い放つ。

「とにかく、世の中不景気だって言ってもアルバイト口ぐらい幾らでもあるんだから。働かざるもの食うべからず！　労働は国民の義務よ！　分かった？」

「それは重々承知の上。……して、問題の金子は貸して頂けるのかな？」

世間ずれしているのはともかく、日本語を理解しない従姉に栞は激憤した。

「……全然聞いてないじゃない。千明さんに貸すお金なんてないの！　もう飢え死にしたって知らないから。嫌なら風俗でも何処ででも仕事しなさい！」

それでも千明は、弱り顔を見せるだけで全くこたえていない様子だ。

「み、身内には親切にするものですよ。あまり無下にすると何れ神罰が下るやも……」

大バカ者がバサバサと玉串《たまぐし》を振って、栞の怒りに油を注いだ。

ガスッ！

「ぐっ…………」

不意に向《む》こう脛《ずね》に痛みを感じて、巫女の顔面が青く変色した。

「帰れ！」

栞が小声で怒鳴ると、千明はようやく事態を飲み込み、顔を引き攣《つ》らせて席を立つ。

「ハ、ハ、ハイ……栞殿……またいずれ……」

「千明さんの顔なんか二度と見たくないわよ」

ヨロヨロと立ち去る巫女の後ろ姿は、哀れなほど滑稽《こっけい》だった。

（絶対処女だよね、アレは。ひょっとして一生かも？）

まぁそんな事はどうでもいい。疫病神が居なくなったところで、栞はもう1度同じダージリンを注文し、遅れている恋人の到着を心待ちにした。

彼の名は上條貴之《かみじょうたかゆき》。コンパで知り合ってそのルックスに一目惚《ぼ》れした栞は、即交際を始めるや彼が外資系企業の経営者の息子だと知って、犬みたいに尻尾《しっぽ》を振った。若い男女のトレンディな関係に夢中でヴァージンも捧げ、恋愛という名のSEXライフを謳歌《おうか》していたはずなのだが……。半年付き合ってみると、相手はやはり金持ちのボンボン。ずぼらなお坊ちゃんである事を思い知ってしまった。

玉《たま》の輿《こし》を逃したくない一心で、19歳の女は男に身を任せ、彼は彼女にいつも好き放題の事をして、女もそれを喜んで受け入れている。

（タカユキの奴、今日も何か変わったプレイしたがるのかな？）

客の少ない午後の喫茶店で、栞はそっと自分の乳房に手を添え、恋人との前回の熱い一時を思い返した。その手は無意識のうちに自ら乳房をまさぐり、固くなってしまっている突起を摘《つま》んでクリクリいじっている。

（イケナイ！……喫茶店でオナニーしちゃってるなんて恥ずかしい）

慌てた瞳がキョロキョロと店内を見回したが、幸いな事に今の淫戯《いんぎ》は誰にも見られなかったようだ。

そこへようやく、約束より大幅に遅れて黒っぽいロングコートを着た男がやって来た。

「ごめんごめん、遅くなっちゃって」

「もう！　また遅刻じゃない」

「出がけに妹に捕まっちゃってね」

フゥ、と息をついて、彼は事情を説明した。

「車で送ってくれって頼まれたのはいいんだけど、渋滞に巻き込まれちゃってさ」

貴之の父親の再婚相手、つまり彼の義母が子連れだということは聞いている。他にも、その女性がロシア人である事や、彼女の娘、つまり貴之の義妹が日本人とのハーフである事など、色々と聞かされていた。

だが、栞の頭の中はこれからのデートの事でいっぱいだった。

「ねぇ、今日はどこでするの……？」

コーヒーを注文しようとしていた恋人を急《せ》き立て、栞は2人だけの時間を欲しがる。

「まだ早いよ。ゆっくりしていこう」

「ちぇっ、つまんない……」

やがて、日も落ちた頃になって2人は腕を組んで店を出て行った。

「今日は栞のマンションに行こうか？　たまには栞の手料理を味わってみたいな」

「え……？　ウン、いいよ！」

手料理を食べたいと言われて、恋愛ごっこに夢中の女子大生は二つ返事で恋人に自宅訪問をＯＫした。

「じゃあ、栞の家まで歩いて行こうか。スーパーに寄って買い物して行かないと」

「そうね」

栞の住むマンションまでは、ここから電車で1駅の距離がある。その途中の店に寄るのが丁度いい。

「うんとごちそう作るからね」

喫茶店を出た2人は、暗くなりかけた街をコツコツと目的地に向かって歩いて行く。

桜色に染まった頬《ほお》を恋人の肩にすり寄せ、栞は抑えきれない幸せの笑みをこぼしている。

（私のベッドでするの……初めてだわ……）

行き付けのスーパーで新婚夫婦然とした買い物を済ませた熱々カップルは、夜になった通りをちょっと早足で、2人きりの世界へと向かった。

栞の住居は、この街でも1番の高さと豪華さを誇る高級マンションである。

入り口は当然オートロックなのだが、そこで貴之は何故《なぜ》か、エレベーターを使わずに非常階段で栞の部屋のあるフロアまで昇ろうと言い出した。

「どうして階段なんて使うの？」

マンションの非常階段など、実際利用している住人は皆無である。勿論栞も、入居以来1段たりとも踏んだ事がなかった。

「いいからいいから」

怪訝《けげん》な顔をする栞の手を引っ張って、貴之はここが我が家であるかのようにズンズン階段を昇って行く。

「ほら、見てごらんよ」

5階の手前の踊り場で足を止めた貴之が、おもむろに南の空を指差した。

その恋人の人差し指が示す方向に目をやり、栞は彼が階段を昇ってきた意図を理解した。

「綺麗《きれい》な夜景……」

眼下に広がる都会の夜の宝石箱。自宅マンションからこんな夜景が望めるなんて、栞は今まで知らなかった。

栞と貴之は自然とその場に腰を下ろし、肩を寄せ合って時の経つのを忘れていた。そしていつしか2人の唇は重なり合い、やがて激しく舌を絡ませ合う。更に男の手はスルスルと女の胸元に伸び、Cカップに満たないバストをブラウスの上からさすり始める。

「んっ、ううん………」

ディープキスが更に深くもつれ合い、ぴちゃぴちゃ音をさせて唾液《だえき》が混合し、女心は熱く燃え上がった。

「あふぅん……」

徐々に身体から力が抜けて男に上体を預けた女子大生は、ぐいぐい乳房を揉《も》みしだかれ、スカートの中にまで手を入れられている。

「あ………」

栞の股間《こかん》は、ディープキスによってぐっしょりと女の分泌液を滴らせ、下着に恥ずかしい大きなシミを作っていた。

「もうこんなになってるじゃないか。栞は本当にエッチだよね……」

そう言いながらも、貴之は濡《ぬ》れた秘部をこね回す。

「あぁ……ソコ、もっと………」

「もっとして欲しいなら、いつもみたいにしてみて」

「……こんな所でするの？」

貴之はここでSEXをしたいらしい。マンションの非常階段の踊り場で、自分が全裸になって男とまぐわう姿を想像して、栞は羞恥心《しゅうちしん》を湧き上がらせた。

下着の上から濡れ濡れのワレメをこじられると恥じらいも何も吹き飛んでしまう。

「あぁん、今脱ぐから……待ってェ………」

どうせ誰も見てないんだと高を括《くく》って、栞はいつものように恋人の目の前で、自ら衣服を1枚1枚脱いでいく。

初春のまだ冷たい風に晒《さら》されながら、プルオーバーとブラウスが脱ぎ捨てられ、スカートもコンクリートの床へ落ちると、まだ少女と呼んでもいい華奢《きゃしゃ》な肢体が、眩《まぶ》しい素肌を披露してくれる。高校時代にテニスに熱中していたボディは、ヒップも小さくスレンダーにまとまっていた。それに愛用のランジェリーも高校時代と変わらない、黄色いストライプのスポーツタイプだ。そのお陰で薄く柔軟なブラのカップには、乳房の先端の欲情の証《あかし》が露骨に突き出てしまっている。

「乳首もそんなに立ててるのか」

「やだッ」

これから全裸になるというのに、栞は咄嗟《とっさ》に両手で胸を被《おお》った。

「何だ、して欲しくないのか？」

貴之が子供っぽく意地悪に言うと、赤かった頬が更に真っ赤っかになってこう呟《つぶや》いた。

「ううん……早く、ちょうだい…………」

まだ未成年の女子大生は、ブラジャーをそっとめくり上げてコチコチに勃起《ぼっき》している乳頭を男に差し出し、恋人に愛撫《あいぶ》を求めた。勃起してツヤツヤになっている粘膜の色はベビーピンクで、まだ汚れを知らない乙女のようだ。

「何が欲しいんだい？」

彼は、女の口に卑語を言わせるのがたまらなく好きなようだ。

「…………タカユキのペニス……私のオマンコに入れて」

「よし。じゃあ入れてあげるから、栞の可愛《かわい》いお尻をこっちに向けて」

「うん……」

栞は立ち上がる前に自分のセカンドバッグを開け、中から男女が愛し合う必需品を1つ取り出して恋人に差し出す。

「はい、コンドーム。……私が着けてあげる？」

「ううん、それは要らないんだよ」

「え、生でするの？　私今日は危ない……」

「いいから早く立って」

きょとんとしながらも、栞はコンドームのパックを階段に置き、貴之の言葉に従って手すりに掴《つか》まり、ショーツ1枚の裸身を屈《かが》めてヒップを突き出したポーズを取る。するとグショグショに汚れてしまっているショーツのクロッチには、生々しい肉裂の形がくっきり浮かんでいて、グロテスクなまでの卑猥《ひわい》な光景を見せつけていた。

「こんなにパンティをワレメに食い込ませてるなんて、世界で一番いやらしい女の子だね」

「ハウゥゥン……」

ぐいっとクロッチを横にずらして淫らな生牡蠣《なまがき》を指で直接可愛がってやると、愛らしい鼻先が甘く鳴き声をあげる。

「可愛いよ、栞……」

「あっ……あぅん……あぁぁ、ソコ………」

つい半年前までぴったり閉じていた19歳の陰裂は、恋人との度重なる性交によって現在では、スリットからかなりの小陰唇をはみ出させてしまっている。そのねじれた肉襞を摘んでグニグニすると、恥ずかしい果汁が滝のようにドクドク溢《あふ》れ出して内腿《うちもも》をベトベトに濡らしていく。

「もっと………もっとしてしてッ！　栞のオマンコいじってぇッ！」

外聞無くよがる女のメシベの皮をめくって粘膜球を擦《こす》ると、ビクンと背中が踊って子猫の鳴き声が漏れる。

「ひゃうううっ！」

ニチャニチャくちょくちょ、他人には聞かせられないあの音を周囲に響かせ、栞は悦楽の淵《ふち》に沈み込んでいく。そして我慢しきれず、男が期待していたキーワードを口にした。

「あぁぁん……もう、指だけじゃイヤァン………。栞……欲しいの……」

「何が欲しいんだい？」

貴之が意地悪な質問をすると、栞の口は思うままの言葉を発した。

「太くて、硬いのを……入れて欲しいの……」

「いい娘《こ》だ。直《す》ぐに望み通りのモノを入れてあげるよ」

一旦恋人の指が秘肉から離れると、栞は期待に尻を振って、逞《たくま》しい肉棒に貫かれるのを心待ちにする。

「ちゃんと、コンドーム着けてね」

「大丈夫だよ」

それから間も無く栞は、優しい彼の手の温もりを再び臀部《でんぶ》に感じた。

「いいかい？　入れるよ」

「うん、キテッ……あはぁあああぁッ！」

ヌルッという感じで、自分自身の中に快感がインサートされたのを感じて、しなやかな肢体がくねり上がる。しかし、その感触は栞が熱望していたものとは少し違っていた。

(何これ!?……ペニスじゃない！)

熱くて硬い肉棒の味わいを覚えてしまっている19歳は、己の膣《ちつ》に挿入されたものが男性器ではない事をすぐさま感知した。しかしコレは一体何なのだろう？　グンと弓なりに反り上がったカーブはペニスによく似ているが、表面のザラザラ感も硬さも異なっている上に、雁《かり》の出っ張りもくびれも存在していない。そこで栞は背骨をひねり、何かがねじ込まれたヒップの谷間の奥を覗《のぞ》き込んでみた。

「……イヤあぁぁっ!!」

ペニスの代わりに彼女の性器にブチ込まれていたモノは、あろうことか数十分前にスーパーで購入したバナナだった。半分まで皮を剥《む》かれたクリーム色の果実が、肉色の花弁を押し広げて奥までずっぽりはまり込んでいる。栞はバナナに犯されていたのだ。

「ほら、ちゃんと入れてあげたよ。よく熟れてるから、甘くておいしいだろう?」

ヌチュッ、ブリッ、という異音を響かせ、過敏になった粘膜にぬるついた果肉が出し入れされる。異様なその感覚に、琥珀色《こはくいろ》の瞳が狼狽《ろうばい》の悲鳴を上げた。

「やあぁっ、抜いてえっ!!」

身をよじり、バタついた腕が変態行為を制止しようとする。

「栞、僕のを握って『バナナみたい』だって嬉《うれ》しがってたじゃないか。それにあんまり動くとバナナが折れちゃうぞ。折れて取れなくなったら、病院に行って取って貰わないといけなくなるんだよ。産婦人科で中絶手術するみたいに、医者の前でオマンコ広げて、脚を固定されて色んな器具で膣の中をほじくられる羽目になるんだ。それでもいいの?」

「イ、イヤよそんなの!」

「じゃあ大人しくバナナを味わうんだね。一番美味《おい》しそうな奴を選んできたんだから」

「あああぁああぁん………」

怯《おび》えて大人しくなった下半身に、貴之はペニスフルーツをゆっくり抽送させる。

「はあっ……くううぅうぅん………」

きついカーブがぬかるんだ粘膜襞を擦り、栞は全身をゾクゾクさせて恐怖と快感に耐えようとしている。だが、バナナの曲がり具合が想像以上に女のツボを刺激して、わなないた膣がつい甘いペニスを締め付け、熟した実を食いちぎりそうになってしまう。

「そんなに締めたらバナナが切れちゃうよ。本当に栞はいやらしい娘だな。言ってごらん、バナナが気持ちいいんだろ」

「そ、そんな事……ない……。アハアァアアアン！」

口では否定しても、栞の喜びの印はじゅくじゅくと膣からあふれ、足元のコンクリートにポタポタ滴って、ピストンされる度にぐちゅぐちゅ破廉恥な音を立てている。

「ホラ、言ってみろよ、いつもみたいに」

「ウウッ……はあぁあああぁ………」

栞は僅《わず》かだが、涙を流していた。バナナなんかに犯されている自分が哀れでならなかったのだ。それと同時に、恥ずべき事実を認めざるを得ない屈辱も加わっているのだから。

「ああああぁっ……気持ちいい……。曲がってるのが……私の中を擦ってるの！」

バナナが回転されると、栞はメスの声を上げ、背中を大きく波打たせてよがった。

「イイッ！……もっと、反ってる先っちょ回してぇッ！……栞のオマンコ……掻《か》き回してぇええぇッ!!」

「俺のチンポとバナナと、どっちが気持ちいい？」

「ああん、どっちも好きぃッ！　曲がったバナナも……タカユキのチンポも大好きなの！　だって……栞は……オマンコ大好きな、Hな牝犬《めすいぬ》なんだもん！」

ここまで下品な発言が出来るほど、この女子大生は男にSEXを仕込まれていたらしい。バナナを切断してしまわないように気を配りながらも、自分の肉壺《にくつぼ》に出入りする果実のストロークに腰の上下運動をシンクロさせ、獣のような嬌声《きょうせい》を発しまくっている。澄ました顔で大学の講義を受けている姿からは想像も出来ない乱れようだ。

「タカユキィイイィ……もっと……バナナのチンポ回してぇぇええぇッ‼　バナナチンポで、栞の奥まで突いてぇッ！」

欲望の虜《とりこ》となった女は、よりハードな快感を欲して男に催促する。

貴之は求めに応じて、普段自分がするような縦横無尽の竿《さお》さばきをバナナで再現しようと試みたが、所詮《しょせん》柔らかい果実では荒々しくエレクトした男根の代わりは務まらない。既に果実は半ばフニャフニャで、今にも断裂してしまいそうな有様になっているのだからどうしようもない。

そこで貴之は、女肉で締め付けられているペニスフルーツを抜去し、栞の鼻先に突き出してみせた。

「イヤァン……」

快感をおあずけされた牝犬は一瞬不満の鼻息を漏らしたが、直ぐに己の痴態を思い知って羞恥に目を背けた。

実が引き締まって黄白色をしていたバナナが、淫蜜《いんみつ》にまみれ膣壁に圧迫された結果、無残に腐敗し、踏み潰されたようにグチョグチョの状態になっていたのだ。

「栞のオマンコがこうしたんだよ。イケナイお口だね」

「……タカユキが激しくするからよ」

更に貴之は、潰れたフルーツを栞の唇に触れさせてくる。

「食べてごらん。自分の汁がどんな味か、よく味わうんだ」

「あっ、ウグッ……」

ピンクの唇が拒否するより先に、蜜を含んだ果肉が口内に押し込まれて、栞は自らのラブソースで味付けされたオリジナルデザートを無理矢理試食させられてしまった。

「どんな味？」

「ん……んんぅ……。美味しい訳ないでしょ」

それが自分の体液の味だと思うと、栞は恥ずかしくてならない。

「ちゃんと食べたんだから、バナナなんかじゃなくてタカユキの入れてよッ！　もっと硬いのじゃなきゃ……物足りない」

「分かったよ。今度はコレを着けて、硬いのを入れてあげる」

バナナの皮を放り投げた手がコンドームを摘んだので、栞はホッとして男根の挿入を待ちわびた。

「いい？　入れるよ」

「うん、入れて。タカユキの太くて硬いの、いっぱい入れてッ！」

ラブリーフェイスの女子大生が、涎《よだれ》をたらした腰を振って性交のおねだりをしている。

そして、バナナのカスを付着させている女陰に、待望の硬いモノがぶち込まれた。

「あクッ……………。ナニ⁉……何を入れたのッ？」

栞の膣にインサートされた物は、またもペニスではなかった。今度のは何と、彼女愛用の携帯電話機だった。

「あああぁん、私のケイタイ入れるなんて……ヒドい！……イヤぁあああぁッ‼」

貴之はケイタイをコンドームの中に入れ、栞の膣に挿入して出し入れさせ、グリグリひねり回した上に、バイブレート機能をＯＮにする。

「ふぎぃいいぃいいぃッ!!　そんなのッ！　そんなのぉおおぉおぉぉおおッ!!」

角張ったメタルボディのゴツゴツ感と、並のアダルトグッズ以上のバイブレーションがマシンガンのような悦楽を股間に与え、栞は全身に電流が駆け巡るのを感じて絶叫する。

「どうだい、自分のケイタイが大人のオモチャになるなんて思ってもみなかったろう？」

「凄《すご》い！……凄いぃいいぃいいぅあぁぁッッ!!…………硬いのが最高！」

そして続けざまに、ケチャップのたっぷり塗られたフランクフルトソーセージにもファックされ、栞は一気にエクスタシーに突き落とされる。

「ひあああぁぁあああぁああぁあッ!!……太いぃいいぃいいぃいいぃッ!!」

表面に切り込みの入った極太ソーセージに子宮の奥まで突きまくられ、栞は髪の毛をバサバサ振り乱して悶《もだ》え狂う。

「ああん……ソレ好きっ！」

フランクフルトには串が刺さっているため、意外な固さによって悦楽が燃え上がる。

「イイッ！……もっと、ソーセージ入れてぇえぇッ!!……オマンコ気持ちいいぃッ！」

自ら乳房を手すりに押し付け、コチンコチンの乳首を摩擦させながら、スポーティな肢体が曲芸師みたいに背筋を仰け反らせる。

「はあっ……はあぁぁっ……。イクッ……イクイクイクッ…………栞、イッちゃううぅうぅぅうううぅうぅうううぅぅん!!!」

最後にドッと愛液を吹き出して、女子大生の意識は天国に旅立って行った。

※　※　※

偶然というのは恐ろしいものだ。栞が膣に携帯電話を入れられよがり泣いていたその時、彼女の従姉である千明は、同マンションのフロアをあちこちうろつき回っていた。このマンションの管理人から、急遽《きゅうきょ》徐霊の依頼が舞い込んできたのである。

「これで当面は食いつなげるが、やはり栞殿の援助無しには我が身の安定は望めぬ。今日中に詫《わ》びを入れておけば機嫌を直してくれるであろうから、いずれ生活費が尽きた折には再び……」

喫茶店で栞を怒らせた事を謝罪しておこうと、千明は各部屋の表札を見て回ったのだが、肝心の表札が掛かっているドアは極端に少ない。

「さて困った、何処が栞殿の住まいやら」

そこで千明は得意の霊感を働かせ、従妹の居場所を探ろうと試みた。

「ムム……。この下……イヤ上のような?……まぁよい、階段を歩いて両方行ってみよう」

玉串を探知機のように進行方向にかざして、朱色の袴が非常階段の方に向かった。

よもや従姉が直ぐ傍《そば》まで来ているなどと夢にも思っていない栞は、更なる快感を求めて肉裂にソーセージを突っ込んだままぺったりと座り込み、階段に腰を下ろした貴之の肉棒を貪っていた。

「むふぅっ…………」

ピチャッ、クチュッと、ピンクのリップが肉竿を擦り、伸ばした舌が小刻みに動いて亀頭を入念に舐《な》め回している。

「んっ……んくんっ…………」

舌先が縫合部をなぞって側面まで刺激しながら、10本の指が袋を揉んで幹の根元をしごくように撫《な》でさする。すると、栞の口いっぱいに男の味が広がっていく。

「気持ち、いい……？」

潤んだ視線の先で、恋人が息を荒くしている。栞は嬉しくて、更なる愛撫を加えた。

太い怒張を喉《のど》の奥まで飲み込み、ゆっくり頭を上下させてチュバチュバ彼を吸ってやる。

「オォォ……上手だよ……栞。もっとやってくれ……」

言われるまでもなく、波打つ頭部はガンガン揺れ始め、根元と陰嚢《いんのう》をいじる指使いも次第に激しさを増してゆく。

ブブッ……ブパッ、ズズッ……ブッ……ブプッ……。下品なバキューム音をまき散らし、栞は額に汗を浮かせてオーラルSEXに励んでいる。やがて揉み込んでいた睾丸《こうがん》がキュッと縮み上がるのを感じて、恋人の絶頂が近い事を悟る。

（あぁ……タカユキ、もう直ぐ出すんだわ）

フィニッシュに栞は肉塊を吐き出すと、唾液にまみれた粘膜部を握って猛スピードでしごき上げ、発射液を受け止められるように大きく口を広げる。

「ああっ……出してっ！……熱いのいっぱい、私に飲ませてッ！」

言うと同時に、貴之はブルッと下半身を震わせ、栞の顔目掛けてビュッ、ドクッ……ビュクッと、男のエキスをほとばしらせた。

「んはぁ………」

恋人の愛の証を顔面に浴びた栞は、恍惚《こうこつ》に瞼《まぶた》を閉じて、ゼラチンのような感触のザーメンを舌先で舐めとる。その生々しいほろ苦さが、とても幸せに感じられた。

「あぁ……栞殿が、あのような淫らな……フェ、フェラチオとやらを………」

フィクションの世界にしか存在しないと思っていた男女の愛の行為を生まれて初めて目撃してしまった巫女は、壁に身を潜めて心臓を破裂しそうに鼓動させていた。栞を捜して階段を昇ってきた千明は、フェラチオが始まるところからスペルマが発射するまでの全てを覗き見ていたのだ。

「しかし、あの食べかけのバナナやらソーセージやらが散らばっておるのは何故？」

それらが従妹の体内に挿入されていたなどと想像すら出来ぬまま、赤みがかった瞳は異性の生殖器に注目している。

（噂《うわさ》には聞いていたが……男子の精液というものは、真にピュッピュッと飛び出るものなのだな………）

千明に見られているなどとは露知らず、栞は待ちきれずにスキンをもう1つ取り出し、ピンクの薄いゴム膜をクルクルと恋人の分身に装着した。

（あれは確かコンドームとか申す物……。何に使うのやら存ぜぬが……あのように陰茎に被せるとは………）

性知識に乏しい巫女と言えど所詮はオンナ。彼女の両手はいつしか自らの乳房をマッサージし、袴の股立ちに入り込んで頻《しき》りに股間をさすっている。

「あぁ……濡れている……。私の身体が……このような淫らな汁を出すとは……」

それがオナニーと呼ばれる行為である事さえ知らない生娘の耳に、従妹の甘ったるい声がまたも聞こえてくる。

「ねぇ、いいでしょタカユキィ……。してェ………」

再び手すりを掴んで陰肉の膨らみを突き出した栞に、貴之はここで初めてショーツを脱がせ、物欲しげに口を開いている恥裂にゴムを被った武器を近付けた。

「はうぅううぅぅうん！」

ズブッと一突きに肉棒を打ち込まれた裸身は、大きく反り上がってから律動に合わせて波を打ち始める。

「あん……あん……あああぁぁん……。イイッ……すごくイイッ！　バナナなんかより……タカユキのチンポの方が素敵ッ！……くあああぁぁあああぁぁん！」

遂《つい》にバックスタイルでファックし始めた従妹の痴態に我を忘れた巫女は、胸をはだけて生乳房を乱暴にしつつ、ヘアーの中で充血している突起を転がした。

「おおおおぉ……栞殿が……せ、性交をしている………ああああぁぁあああ……」

「栞の、凄く締まってるよ……」

「あああぁん……私……もうイッちゃいそう！」

「僕も……直ぐ出すよ」

「くはぁあああぁん……イクッ……ああん、タカユキ……一緒に……一緒にイッてぇっ！

……ああ……あああぁ……イクイク……イクッ……イ、イッちゃううぅうううぅうっ‼」

2人の獣は同時にエクスタシーを迎え、夜の街に絶叫を轟《とどろ》かせた。

「はぁ……はぁ……。凄い……2回目なのにこんなに出てる……」

自分の中に入っていた避妊サックを男根から抜いて、栞はそのスペルマの量の多さに目を見張った。

ところがその時、階段の下方からすすり泣きにも似た女のうめき声が2人の耳に聞こえてきた。千明のよがり声だ。

(千明さんじゃない、どうしてココに?……やだっ、あの人オナっちゃってる)

階段の端で自慰行為に没頭している従姉の姿態を見て、琹は無意識に手で前を隠し驚きの表情をみせた。

露出して愛撫に先端を尖《とが》らせている巫女の乳房は、意外な程豊かな美乳であった。Dカップ、いやEカップ近くある。

「あの巫女さん、琹の従姉だろ? こっちに呼ぼうよ」

そこで、以前自分と千明が一緒に写っている写真を彼に見せた事を、琹は思い出した。

「あんな所で自分でしてるなんて、僕たちのSEXを見て当てられたんだね。可哀相《かわいそう》だから彼女も抱いてあげよう」

「な……。冗談でしょ!」

慌てた声を尻目に、貴之は性器を剥き出したまま半裸の巫女に接近する。

「そんな所でオナニーしてないで、僕たちと一緒にSEXしようよ」

「えっ!……あぁ………」

〝ミイラ捕りがミイラに〟と言うか、覗きをしていたはずの自分が逆に覗かれていた失態に気付いて、千明は顔色を青くさせた。しかしその青くなったと思った貌《かお》は、急激に鉄火の如《ごと》く燃え上がる。

「そんなに顔を赤くして、ひょっとして男のモノを見るのは初めてかい？」

鼻先10センチに情事を終えて性臭を放っている肉棒を突き付けられ、千明はサッと乳房を隠して目線を逸《そ》らせる。

「いいんだよ、恥ずかしがらなくて。男のペニスが欲しいんだろ？　触らせてあげるよ」

「イヤッ、何を……」

男の手が着物の前を押さえている手を掴んで、半ば強引に粘液まみれの肉棒を握らせた。

「あ……アツイ……………」

生まれて初めて触れた男の性に驚愕《きょうがく》する指先は、そのまま肉棒を握り続けて野性の脈動を感じ取っている。

「君、栞よりも美人だね。胸も大きいし、僕の好みのタイプだな」

栞を嫉妬《しっと》させるためか、貴之はそんな言葉を口にした。だが千明の方は頭の中が真っ白になっていて、男の声など全く聞こえていない。そして本能的に握り手を動かし、ソフトに男根をさすり始めた。

「あぁ……陰茎とは……このように硬いものなのか……。ひとりでに動いているように見えるが……」

「ちょっと千明さん！　人の彼氏に何してんのよッ!!」

そのまま放っておけばフェラチオまでしたかもしれない雰囲気だった千明を、栞の声が罵倒《ばとう》した。

「し、栞殿！………………私は、別に何も……」

ハッとした表情が、険しい従妹の目付きに狼狽する。

「何もって、私たちがしてるの見てオナってたんでしょう！　貴之のチンポ握って興奮してたんでしょう！　ホラッ!!」

従姉の胸を掴んだ栞の手が引き裂くように乳房を露出させると、痛いぐらいコチコチに勃起した薄桃色の乳頭が怯え震えているのが晒し出させた。

「こんなに乳首立ててるってどういうことよ!?　自分は神に仕える巫女だとか何とか言ってるクセに、ただの泥棒猫じゃない！」

この場合、責められるべきは貴之だ。しかし、栞の嫉妬心は千明に集中してしまっている。いつも自分にたかりに来る従姉が、想像以上の美貌《びぼう》の持ち主であると知ったことが原因となっているのだろう。その美しい乳房を鷲掴《わしづか》み、サディスティックにぎゅうぎゅう揉んで痛めつけている。

「栞殿……やめて……イ、痛い……！」

「何が『やめて』よ。コッチだって洪水なんでしょ」

袴の腰紐《こしひも》が解かれて千明の下肢が露《あら》わになると、透き通るような白く眩しい太腿に引き締まった脹脛《ふくらはぎ》が艶《なま》めかしい肌を現した。下腹部を被うランジェリーは着けられておらず、噎《む》せ返る程の花の香りを発する恥蜜に濡れたちぢれ毛が、黒々と息づいているのが丸見えになっている。

「もう許して…………。私の身体がこんなになるなんて……知らなかったんです……」

千明は自らの欲情を認め、従妹に命乞いをした。

「じゃあハッキリ言いなさいよ。自分は神聖な巫女なんかじゃなくて、ただの男好き淫乱な牝猫だって！」

「そんな……イエ……はい。私は……ふしだらな牝猫です。どんな罰でも、お受けします」

自分自身の罪深さを責めるかのように、千明はボロボロ泣き崩れて栞の言いなりになった。そこへ、また貴之が口を挟む。

「だったら、コレで罰を与えてやったら？」

そう言って、栞の手に千明が持っていた玉串が手渡された。木製の柄の部分にコンドームが装着されて。

（私のコンドーム……）

「これに耐えられたら許してあげるってのどう？　面白いと思うよ」

貴之の提案に栞は同意し、自ら進んで木のペニスを処女の泉に押し当てた。ワレメを指で広げてみると、思った通り綺麗な色の処女膜が張っているのが確認出来た。

「こんな子供みたいなアソコしてるクセに、涎ばっかり出して！　お仕置きに私が千明さんの処女膜破ってあげるわ」

「イ、イヤです……それだけは……。純潔を守らねば、神の…………キイイィイイッ！」

哀願の声を無視して、栞は玉串を処女肉に突き入れ、22歳の乙女をオンナに生まれ変わらせた。更に傷付いた膣を容赦なく硬木で掻き回し、自分より美しい裸身をのた打ち回らせる。

「アアッ……栞殿ッ……こんな、無体な！…………はあああぁああああっ！……ああっ……くはあぁっ…………ウッ……あはぁあああぁあぁああっ……ふううぅうううぅん……」

女の扱い方は女が一番よく知っている。時にソフトに、時に乱暴に責めたてる栞の手さばきに、金切り声は刻々と色付き、桃色に変貌してゆく。

「はぁあああぁあっ……ううぅううぅっ……そのように、激しくされては……アアアッ！」

ジェラシーに狂った栞に、無抵抗の千明、最初から勝負の行方は決まっているかに思えたが、この痴話喧嘩《ちわげんか》は意外な展開を見せ始める。悶える従姉の姿態を目の当たりにして、栞自身が春情を湧かせてしまったのだ。

汗ばんだ双乳がプルンプルン揺れている。栞のバストはこれ程たわわに揺れたりはしない。

（こんなオッパイしちゃって！）

考えてみれば、自分は今レズ行為をしているのだと、栞は改めて気付く。しかも相手は美しい従姉。言葉では説明できない感情が胸中に渦巻き、昂《たか》ぶった気持ちがつい空いていた手を羨望《せんぼう》の肉房に伸ばさせた。

(ああっ……千明さんのオッパイ、柔らかい！)

そのまま迷わず乳首に吸い付いた栞は、ペロペロ舌を使ってしこった突起を舐め転がす。

「あああぁあああっ……栞殿！　そなたは私を………」

(………欲しい！)

こうなったら女はもう止まらない。従姉をよがらせているこの魔法のスティックを、自分の肉壷にも入れたくてたまらなくなり、躊躇《ちゅうちょ》なしにそれを実行に移した。

「コレが要るんだろ？」

栞の気持ちを察した貴之が、剥き出しのコンドームを差し出してくれている。

恋人に見られていたって構わない。栞は受け取ったサックを幣帛《へいはく》ごと硬棒に被せると、腰をひねってズブッと己の股間にインサートした。

「あはあぁあぁあっ……イイッ！……紙がガサガサしてるのが最高！」

従姉妹が1本の玉串でオマンコを貫き合い、ガンガン腰を振り乱して嬌声を上げまくる。

「あぁんっ……千明さん！……千明さん！……気持ちいいでしょ？」

「はうぅううっ……し、栞殿……私は……どうすれば………かはあぁあああぁあっ！」

女同士で繋《つな》がって両側からズンズン押し合うのだ。こんな快感があったなんて、栞には未知の発見だった。

「あはあぁッ！……この体位ステキッ！……オマンコ突かれて感じちゃうぅううっ!!」

すると、2人の間に貴之も割り込んできて、すっかり回復してギンギンにエレクトしたペニスを巫女の口に咥《くわ》えさせた。

「あむっ……ぐふぅううっ…………」

生亀頭にむしゃぶりつきながら、千明も下半身を上下左右に荒っぽく突き動かし、初めての女の悦《よろこ》びに向かってまっしぐらになっていた。

「ああん……千明さん、千明さぁん!!」

「ハアァ……栞殿、栞殿ぉ!!」

お互いの名を呼び合って、従姉妹でのめくるめく官能の大津波が仰け反った2つの裸身に襲いかかる。それと同時に、男の欲望もフェラチオ初体験の口中にドバッと白濁液をまき散らした。

「はぁ……ああぁ…………ごめんなさい……千明さん………」

「イイエ……私が、いけなかったのです」

きつく抱き合った2人は、熱い口付けを交わして、粘っこいスペルマを共有する。

それから千明は栞の部屋でシャワーを浴び、頬を染めて自宅の神社へ帰って行った。

※　　　※　　　※

「ああ、ちょっと自己嫌悪……」

あれから数日、栞は独りの部屋で、今でも顔から火が出るようだった行為を思い返した。

アダルトビデオでも中々やらないようなハードコアプレイを従姉としてしまったなんて。

「私……淫乱女じゃないよね…………」

悶々《もんもん》とした日々の中、彼女は時折自問自答に時を忘れた。

そんな時だった、貴之からのコールが入ったのは。

『明日、そっちに行ってもいいかな？』

また彼に抱いてもらえる。思いきりSEXをすれば、つまらない悩みなんか消えてくれる。そう考えた栞は、少女のようにトキメいて恋人の訪問を待ち望んだ。

それが翌日、栞の顔を見るなり貴之は不可解な事を言い出した。


「君を連れて行きたい場所があるんだ」

「え？」

栞は全く知らなかった。自分の住んでいるマンションのオーナーが、貴之の父親だった事を。そのため7階の全室は入居者を募らず、商用に利用されていると言うのだ。それはつまり貴之が自由に出来る部屋であり、彼のプライベートルームと言っても良かった。

「どうして今まで言ってくれなかったのよ」

「ウン。でも僕がココに入るのは初めてなんだよ。使ってるのは専ら妹なんだ」

栞が案内されたのは、広さだけはある殺風景なホテルのような一室だった。家具らしい物は何も無く、大きなウォーターベッドとTVモニタが置かれているだけの、何ともシュールな空間である。

それに貴之は、妹がこの部屋に出入りしていると言った。彼に義妹がいると聞いてはいたが、こんな身近な存在だったなんて。

ブニュッと変形するベッドに腰を下ろし、不思議そうな瞳が周囲を見回す。

その時、不意にTVの電源がONになって、画面に何かの映像が映し出された。

「…………………!!　何コレ!?　私じゃない！」

最初はそれが下劣な裏ビデオか何かだと思ったが、よくよく見れば先日の非常階段での己の痴態が映っているのだと、栞は遅蒔《おそま》きながら気が付いた。角度から見て、向かいのレンガの家から盗撮されていたようだ。

「よく撮れてるでショ？」

背後からの聞き覚えのない声に驚いた栞が振り向くと、そこには金髪碧眼《へきがん》の女が立って腕を組んでいた。

「紹介するよ。僕の妹、サラだよ」

「サラ……？」

この外人女が貴之の義妹だと言うのか？　という事は彼女はハーフなのか？　年の頃は栞と同じぐらいだが、やはり舶来物のプロポーションは目が飛び出る程ダイナミックだ。

「こんにちハ、シオリさん。貴女のことハ、よく知っていまス」

理解できない疑問が多すぎて、栞は困惑している。

「貴女のＳＥＸを見て、ワタシはとても興奮しまシタ。ですから、ワタシは貴女を肉奴隷にしたいデス」

「はぁ？」

舶来女の口から発せられた〝肉奴隷〟という単語に、栞は眉《まゆ》を顰《ひそ》めた。

「シオリさん、とてもカワイクテ素敵です」

サラは栞に接近し、背中に手を回して唇を求めてくる。

「イヤッ、やめてよ！　タカユキッ、何とか言って！」

すると栞の恋人はこう答えた。

「サラは言い出したら聞かないんだ。それに、このビデオがばらまかれたら栞が恥ずかしい思いをするんじゃないかな？」

その口振りは、貴之も共犯になって栞を脅しているように聞こえた。

「ソウデス。YESと言えば、貴女のプライベートは誰にも見せまセン」

栞は迷った。と言うより何が何だか自己判断が出来なかった。

だが、この前の千明とのレズプレイの後味の悪さがあったために、彼女はどうしてもサラの誘いを受け入れる気にはなれない。

「イ……嫌よ！　絶対に嫌ッ！」

そうきっぱり言うと、サラは残念そうな目をして呟いた。

「NOですか。…………では、ワタシがYESにさせてあげマス。……カムイン！」

「ちょ、ちょっと……何よッ！」

サラに呼ばれて、突然右手のドアから2人のマッチョマンが現れ、慄《おのの》く栞に襲いかかった。そいつらは共に全裸で、丸太ん棒のような巨根をブラブラさせている。

「イヤッ！　イヤアァアアァアァアッ!!」

ごつい手に衣服を剥《は》ぎ取られた栞は、下着姿にされた挙句ロープで身体をぐるぐる巻きに縛り上げられ、身動きを封じられた。

2人のマッチョは、栞を縛り上げると部屋の隅に下がり、無言でコッチを見ている。よく調教された番犬のような男たちだ。それでも、レイプされると思っていた栞はホッと息を吐いている。

するると、緊縛された栞の前で、今度はサラが脱衣を始めた。

「心配ありませセン。貴女は、ソコでワタシタチのすることを見ているだけでいいノデス」

一体何が始まると言うのか。不安げな眼差しが素肌を晒したダイナマイトボディに見入っていると、その金髪女は貴之に抱き付いてキスを交わし、ペッティングを始めた。

（あの金髪、私のタカユキに……。え？　でも、あの女はタカユキの妹なんでしょ。……まさか、兄妹でエッチする気なのォ!?）

信じられない光景に震える視線の前で、義兄妹がピチャクチャ唾液を混ぜ合って舌を絡め、互いに乳房と股間をさすり合ってハァハァ言っている。

これは初めてじゃない。2人は普段から肉体関係を持ってるんだと、19歳の直感が悟る。それは恋人を奪われた事と、恋人が近親相姦《きんしんそうかん》愛好者であった事のダブルショックであった。

（……私も、こんないやらしい事してたのかしら……）

今まで散々自分が貴之としていたペッティング行為を客観視すると、それはドラマ等で見る作り事とは異なり、とても直視していられない生々しい肉欲シーンでしかなかった。それを栞は目を背ける事なく、逆に嫉妬心からサラの肉体に自分の感情を重ねて恋人の愛撫をジンジン感じている。

「オオォオオゥ……おニイサマァ…………」

めくり上げられた上着から、日本人とは比較にならない砲弾のようなボリュームのバストが弾み出て、義兄の手にブニュブニュ揉み込まれている。

(あぁ……そんな事…………。私がして貰いたかったのに……。あっ……あんなに乳首立てて……摘んで、引っ張られてる………あんなに乳首伸びてる……!)

貴之は左手で義妹の乳首をいじりながら、右手を彼女の腰に這《は》わせて、ミニスカートを引き上げていた。

(あん……ダメッ、そんなとこ触っちゃ!)

栞の心痛をよそに、白い太腿をねちっこく撫でていた手は下腹部を覆うデルタ布の中へと侵入し、ヴィーナスの丘をさすったり、ずっと奥まで進んで何かをこじったりしている。

「ハァン……オ兄サマ上手……。もっとクリトリス擦って……。花ビラをモンデ……」

サラの下着は見る見る愛液で濡れ、こぼれた汁が内腿に流れ出している。

「気持ちイイデス、お兄サマ……。穴の中に指を入れて、カキマワシテちょうだい……」

(そんな! 指まで入れるなんて……)

目の前で男が女性器を愛撫し、女は淫汁をドクドク滴らせて悶え鳴いているのだ。クチョクチョいっている恥蜜の音が嫌でも耳に入り、たまらない牝のフェロモンが部屋いっぱいに広がっている。栞は腰がムズムズして居たたまれなくなり、狂おしい涙を溢れださせて絶叫した。

「もうやめて! 兄妹でそんな事するなんて、あんたたちケダモノよ!」

胸の内の何かが切れたように、栞はボロボロ泣き崩れた。

「我慢できなくナッタのですね？　シオリさんの下着は、濡れているのではナイデスカ？」

言われるまでもなく、栞はそれを自覚していた。ストライプのショーツの股間はぐっしょりと濡れそぼって、バストの先端もブラを突き破りそうにしこっている。あの日以来恋人の愛を受けていない肉体が疼《うず》いて、欲しくて欲しくて我慢の限界に達してしまっているところだったのだ。

「ワタシの奴隷になれれば、いくらでも気持ちよくなれるのに……」

最後の誘惑に、栞は即答できなかった。しかし、その後も続く金髪女の甘い吐息に抗しきれず、遂にその言葉を口にしてしまった。

「…………なります。肉奴隷にでも、何でもなりますから……私にもしてください！」

その栞の敗北宣言に、サラは喘《あえ》ぐのを止めてニッコリ微笑《ほほえ》んだ。

「やはり、貴女はそういうヒトだと思っていました。……では初めに、ベッドの上でマングリガエシをしてください」

「はい……」

緊縛を解かれた栞は、ウォーターベッドに乗って自分で両足を抱え、赤ちゃんがオムツを替えて貰う時のポーズを取る。

「ウフフフッ……こんなに濡らしてイタノですね」

奴隷の衣服をずらして、魔性の瞳がじゅくじゅくの肉襞を見据え、蜜の香りを吸い込んでいる。

「これがシオリのオマンコですか。アナルのしわも可愛いデスヨ」

サラの指先がフェザータッチで濡れた肉唇をなぞり、むくれたクリトリスをクリッと擦っていく。

「ふはぁああああぁん……」

ゾクゾクゾクッと、スレンダーな肢体に寒気が駆け巡る。

「どうして欲しいのデスか？」

「あぁ……入れて……。入れて欲しいの……」

「何処に？　どんな風に入れて欲しいのデスカ？」

「ううぅん………私の中に、チンポを入れて……ぐちゃぐちゃ掻き回して欲しいの！」

熱病に冒されたような顔がうわ言みたいに言うと、サラの微笑みが優しく答えてくれた。

「OK。では、貴女にはコレをハメテあげます」

「え、アアッ……ぐぎぃいいいぃッ‼」

栞の望んだ通り、サラは彼女の膣に太いモノを奥までずっぽりと突き入れた。ただしそれは人間の男性器などとは程遠い、冷たい無機質な感触だった。

「イヤッ！……イヤァアアアァッ‼」

「ドウデス？　変態の貴女には最高の快感デショウ」

サラが栞の陰部に押し込んだのは、５００cc入りのコーラのペットボトルだった。しかも事前にボトルがシェイクされた上に、キャップも開栓されていて、膣から腹中へと炭酸飲料水がゴボゴボと流れ込んでくる。

「うあぁぁっ……うあぁぁあああぁあっ!!」

即効でコーラの注入された腹部がキリキリ痛み出し、どんどん下腹が張っていく。栞はカエルのように無様にひっくり返ったまま、苦悶の声をあげ続けた。

「ぐひぃいいいぃいいいいぃいぃっ!!」

魔性の手指はボトルの底をぐりぐり回して、注がれていく濃褐色の液体の勢いに拍車をかけている。

「裂けちゃうっ！　ああっ、裂けちゃううううっ!!」

無残に押し広げられた膣襞のひとつひとつに、微細な炭酸の泡がプツプツと染み込んでいく。

「あああっ、く、苦しいぃいぃい……っ」

子宮の中を満杯にした炭酸液は、行き場をなくして逆流を始め、ボトルが突っ込まれているヴァギナから勢いよくブシュウゥウウゥ、ジュワワワーッと噴出してくる。ボコボコと大きな泡を弾《はじ》かせながら、それは彼女の下腹をまだらに汚し、乳房にまで降り注いだ。

「アハハっ、楽しい噴水ですネ。……可哀相だからソロソロ本物のペニスを入れてあげましょうカ、オ兄サマ？」

「あぁ…………」

どうやらこの兄妹関係のイニシアチブはサラが握っているようだ。と言うより、貴之もサラの奴隷にされていると考えた方が適切なのではないだろうか。

「今入れてあげるからね、栞」

全裸になった貴之は、コーラまみれの恋人の腰を持ち上げ、ペットボトルが突き刺さっている穴の下でヒクヒクしている愛らしい蕾《つぼみ》に亀頭の先を当てがった。

「そこは、そこは違うッ！　お尻の穴なんて入れちゃイヤアアッ!!……ぎゃあああぁっ！」

貴之が構わずに腰を前進させると、栞のデリケートな粘膜がミチミチと音を立てた。

「かはっ！　く、くはあぁぁっ!!」

座薬だって入れた経験のない直腸に、成人男性の怒張を根元までずっぽり打ち込まれて、栞は完全に裏処女を失ってしまった。

「はぐっ！……はっ、うはあぁぁっ!!」

前と後の穴に太過ぎる筒を同時挿入され、悶える性感は失神寸前にまで上り詰めていた。

「アハハハハ、初めてのクセして締め付けてくるぞ！」

感じまいとする気持ちとは裏腹に、オンナの肉体は与えられる刺激に過剰な反応を表してしまっている。愛情のカケラも無い辱めの中で、栞は肉の悦びを感じ始めていた。

「はっ……はあぁぁっ！　イイッ！……お尻の穴がいいのぉッ!!……オマンコも、もっといじめてええぇッ!!」

「オオオオォオッ！」

獣のような声を上げて、恋人が彼女の望みに応《こた》えてくれる。砕けそうな勢いで腰を振りたくり、汚れた門扉を暴力的な力で何度もえぐっていく。

「あはっ、かはっ！……ひくっ、ひあああぁぁんっ!!」

性欲の奴隷となった裸身が、汗びっしょりになってアナルエクスタシーへと全力運動を続ける。天使のように無邪気に、幸せいっぱいの夢の世界の中に、彼女は酔い痴《し》れて腰を揺すり、体液を飛び散らす。

「ああっ！……イッ、イク………イッちゃう！……あああぁぁあああぁぁあああぁああああぁっ!!」

歯止めをなくした性感に突き飛ばされるようにして、栞はかつて味わった事のない絶頂感に達した。

ドクッドクッ、バシャッ……お腹の中に浴びせられる熱い血潮。これまでコンドーム無しでSEXをした経験の無かった栞には、初めての体内射精だった。

(中に出されるって……こんなに気持ちいいんだ……)

熱い汁が腸壁にしみこむ感触に、女は陶酔していた。

肛門《こうもん》から怒張が引き抜かれると、生臭い粘液がドプッと大量にこぼれ出し、尻の谷間を伝ってシーツに滴っていく。その眺めを楽しみながら、サラは栞が咥え込んでいるボトルを引き抜いた。

「どう、もっとしてホシイんじゃないデスカ?」

すると、部屋の隅で仁王立ちしていた2人のマッチョマンが再び栞に近寄り、天を仰いで隆々とそそり立ったペニスを誇示してきた。それを握ったサラが、またも不敵な微笑を浮かべる。

「こんな凄いの、女なら一度は味わって見たいとオモウハズですが……。シオリさんも欲しいデスカ?」

もう栞に迷いなどなかった。

「欲しいです……。その逞しい男根で……私の淫らなクチも、ウンチの穴も犯してください。お願いします」

言葉だけでなく、自ら淫液に汚れきった性器を開き、飼い犬がご主人様にチンチンするような、プライドも何も無い哀れなポーズで懇願している。

「もっとスペルマが欲しいんです。私の中に、いっぱい熱いミルクをかけてください！」

「よく言えました。ベリーグッドです」

満足そうにうなずいてから、サラはパチンと指を鳴らした。それを合図に逞しい2匹の野獣が、食料を奪い合うように獲物めがけて圧し掛かって行く。

「ああっ、来てぇぇっ！」

歓喜の声を上げて、栞は彼らを迎え入れた。

「入ってくるうっ！　中にっ、いっぱいいぃぃいっ!!」

ビュクッ！　ドピュッ！　ドプッ!!　熱い熱い男のエキスが、女体の中心部にマシンガンの如く注がれていく。

「ああっ！　またイクっ、イッちゃううううっ!!」

何度も何度も、連続して激しいエクスタシーが栞を包み、回を増すごとにその悦楽はエスカレートしていく。彼女の脳は、快感だけに支配されてしまっていた。あたかも細胞のひとつひとつまでが、白濁液に汚されていくかのように感じられる。それでも尚、淫乱娘はSEXを求め続ける。

ビュルッ！　ビュククッ!!

「あぁぁん……まだ抜いちゃイヤァアアァ……………。1人10回は出してくれないと……栞満足できない…………」

屈強な男たちも、遂に栞の性欲には勝てず、腎虚《じんきょ》して床にへたりこんでしまう有様だ。

「これは驚きデスネ。流石《さすが》はシオリさんと言うべきデショウカ？」

まだまだ物足りない貪欲娘は、くねくね尻を振って駄々《だだ》をこねる。

「やぁぁん、もっとミルク欲しい…………」

粘膜の充血したヒップが左右にくねる度、シーツの上に生ぬるくなったザーメンがたぷたぷとこぼれ出ていく。

「ウフフフ、がっつかないノ。これからずっと、アナタは私の奴隷…………もっと素敵な快感を、いっぱいイッパイ教えてあげまス」

「ううぅん…………。ハイ……ご主人様ァ…………」

完全に犬と化した女子大生は、サラにおねだりをするようにすがりついた。

「トコロデ……シオリさんには巫女の従姉がいるそうデスネ。是非会ってミタイノデスガ、OKデスカ？」

主人の要求の意味を、奴隷は充分に理解している。

「はい、喜んで紹介します。……ですから、もっとスゴイの……ください」

翌日、栞はサラを案内して千明の自宅である神社を訪ねた。だがそこに彼女の姿は無く、新たに始めたらしいアルバイト先の住所を聞いて2人は夜の街を歩いた。

「あ……これは栞殿、こんなお店まで来られて何用ですかな？」

「え……あ、あの………。千明さん、本当にこんな店で働いてるの？」

あの日以来初めて顔を合わせた従姉は、頬を染めてこっくりと頷《うなず》いた。

「お恥ずかしいところをお見せして……」

ここは巫女パブ〝桃色神社〟。巫女のコスチュームを着たコンパニオンが、男性客に特別なサービスをしてくれる楽しい飲食店である。

「巫女パブですか……。チアキさんもマニアックですネ……」

この夜はとりあえず、料金を払って店内で3Pを楽しむ事にしておこう。

「ああん……千明さん、前より上手になってるぅううぅっ！」

「ハアアアァッ……栞殿……また新しいプレイを……オオオオォッ！」

「ハァアアゥ……ワタシも、オンナ3人でつながるのは初めてデス」

「あはぁああぁん！　生がイイッ！……生でズンズン突いてッ！………スゴイの入れてぇえええぇぇええぇっ!!!」

くんずほぐれつ、エネルギッシュな一夜は更けてゆく。

妄想予備校生

今年もそろそろ桜の開花が気になり始める3月初旬、ココに今年はもう桜は咲かない事が決定してしまっている人間がいた。

東堂勝彦《とうどうかつひこ》、この冬見事に大学受験に失敗した18歳の若者である。加えて言えば、何の取り柄も持っていない、平凡過ぎるつまらない男でもある。そのお陰で今日に至るまで、女の子と交際した経験はおろか、告白をされた事もした事もなかったりする、実に平淡な人生を歩んでいた。それでも人間、何か1つぐらいは得意な事があるものだが、彼の場合有意義な特技など本当に全くもって有していなかった。

ただ、何ら人が生きる役には立たないものの、〝空想〟という密やかな趣味は持っているようだ。駅の階段で目の前をミニスカートの女性が歩いているのを見ただけで、その脚に履いたハイヒールで踏みつけられる自分の姿を想像したり、すれ違いざまに香水の匂《にお》いが漂ってくると、その女性が香水だけをパジャマにした全裸スタイルで寝ているシーンを思い浮かべてしまう。それはもう空想ではなく〝妄想〟だった。当然オナニーも大好きで、1日3回以上の日課は皆勤賞爆進中である。

それらは全て、彼自身のオタク的性格が原因となっている事は間違いない。特に不細工でもない男に彼女が出来ないのは、自身の深層意識がそれを拒んでいるからに他ならない。つまり東堂勝彦なる若者は、現実の女の子とデートするよりも、空想の美女の裸身でオナニーする事の方が好きで好きでたまらない男なのだ。

見た目は普通の内気な若者……イヤ普通以上に美少年かも知れない彼だが、頭の中は24時間365日、パンチラ・陰毛・SEX・レイプ等だけを渦巻かせている。かと言って頭の中の妄想を実行に移す訳ではなく、彼は痴漢も下着泥棒も経験がない。だからせめて、彼を変態と呼ぶのは止めてあげよう。

さて、受験した大学全てに不合格だった勝彦は、当然の如《ごと》く予備校に通う事となり、高校を卒業した翌日から早くも講義を受けなければならなくなっていた。

（どうして3月から新学期の授業が始まるんだよ。……そんなに授業料せしめたいのか？）

初めて訪れた教室の片隅で、浪人が決定した上に春休みまで無くなってしまった彼は、憂鬱《ゆううつ》のダブルパンチで普段に増してぼんやりしている。

ところが、3時間目の英語の講義が始まった瞬間から、彼の瞳は生き生きと輝き始めた。生き生きどころか爛々《らんらん》と言った方がいいぐらいの燃える目付きに変わっている。

「Space, the final frontier. These are the voyages of the starship……」

この心地良い流暢《りゅうちょう》な発音のリーディングは、当予備校の英語講師サラ・カラリエーヴァ女史の美声によるものである。女史と聞くとお堅い印象を受けるが、まだ20歳そこそこと思える若さと美貌《びぼう》を振りまく日露ハーフの超美人&グラマー講師だった。

言うまでもなく、勝彦は美人講師のたまらないプロポーションにうっとりと見とれ、涎《よだれ》を垂らしそうなデレデレ顔になってしまっていた。

（サラ先生かぁ、凄《すご》いカラダしてるなぁ……洋物のポルノ女優みたいだ。この予備校に入ってよかった！）

プルルン。

（おおっ！）

板書をとるために彼女が振り向いた一瞬、豊かな膨らみがさも重たげに揺れ動き、勝彦の視線をいっそう喜ばせた。

（あの大きな胸……あれだけ揺れるんだから、触ったらとっても柔らかいんだろうなぁ……。あぁ……サラ先生の生乳揉《も》んでみたい！）

そう願ったところで、彼にそんな機会は訪れない。だからこそ、彼は妄想の世界に入り込んで、自己の欲望を満たすのだ。

（サラ先生ハーフだから、ベッドの上では激しく乱れるんだろうなぁ……）

（あ、今一瞬僕と目を合わせたぞ！……僕の事を気に入って個人レッスンしてあげようと思ってるのかも。……先生だって女なんだ、男子生徒に胸を揉んで貰《もら》いたいと思ってるに違いない）

勝彦の頭の中では、既にこの教室はグラマー講師と彼の2人だけの空間に変わっている。

ポヨンポヨンとニット地に包まれたたわわな乳房を揺らして、青い瞳が勝彦を見つめている。

「キミ、授業中に先生のオッパイばかり見てるなんて、エッチな子ね」

教育者の厳しい視線が劣等生を射抜き、彼に言葉を出せなくしている。

「フフフ、まだ初心なノネ。そんなに気にナルナラ、先生の胸を触らせてアゲマス。勉強に集中出来るヨウに」

金髪講師は、メロンと言うか小振りのスイカみたいな量感のある丸い2つの張り出しを、生徒の顔面にくっつくぐらい接近させて、彼の耳に甘い囁《ささや》きを流し込む。その芳《かぐわ》しい体臭に、彼はのぼせ上がってクチを半開きにしたまま恐る恐る両手を伸ばし、神秘の果実に触れていった。

プニュッと、プリンよりも柔らかい感触が若者の手から脳髄へと伝わる。

（す、凄い……！　女の人のオッパイって、こんなにも柔らかいんだ……）

「遠慮シナイデ……好きにしてイイノヨ……」

そうお許しを貰って、勝彦はモミモミグニグニと豊乳を揉みこね始めた。

ふにふにとした弾力が心地良く、いつまでも触っていたいと思う。服の上から触ってこれだけ気持ちいいのだ、直接タッチしたらどんな気分がするだろう。様々な感情を巡らせながら、若者は初めてのペッティングに没頭している。

「ンンッ、いいノ……カツヒコ、ベリー上手ネ……AHAン……もっと……触っテ……」

生徒の眼から視線を外す事なく、金髪講師は甘ったるい淫蕩《いんとう》な声を漏らし続けた。

「バックから、イやらしく揉んデ………」

せがまれるまま、勝彦はサラの背後へと回る。

綺麗《きれい》にカットされたカナリア色の髪。そこからのぞくうなじの白さ。若者は思わず生唾《なまつば》を呑《の》み込んだ。

肩越しに見下ろした巨乳は谷間もくっきりとして、真正面から眺めたよりもいっそう迫力がある。少しリラックスしてきた手が、その重みをかき抱くように包みこむ。

プニュ、プニプニ、グニッ、プニュン、グニュニュッ……天国の揉み心地が若者の手を押し返し、弾み躍ってまた元に戻る。それは驚異の形状記憶物質だった。

「アン………ノー、ノー……モット、激しく揉んデ!」

「こ、こうですか先生……」

グニッ! グニュッ! 母乳を搾り出すような手付きが肉房を揉みしだく。

揉まれる毎に女の柔肉は張りを増し、はちきれんばかりに膨らんだ水風船のように固く、熱を帯びていった。

「ハアッ………もっと……もっとォ………!」

ハスキーな荒い声を発しながら、サラは勝彦の下腹部にヒップを押し付け、彼のギンギンにエレクトしている青春を圧迫する。

「ああっ、サラ先生……!」

それと同時に、金髪講師もバストの頂上にある突起を固くしこらせているのが、ニットの上から見て取れた。それを勝彦が摘《つま》んで、くりくりいじり回す。

「ハアンッ、いいッ………。勝彦……私もう、我慢できないョォ………」

互いに口内粘膜を舐《な》め合って唾液《だえき》を存分に交換した後、ピチュッと口を離したサラは、潤んだ瞳でこう呟《つぶや》いた。

「………脱がせテ……。アナタに……抱いてホシイの………」

すると勝彦は、先走る気持ちを抑えながら汗ばんだ両手を女講師の腰に添え、ゆっくりセーターの裾《すそ》を引き出してめくり上げていく。

キュッとくびれたウエストラインが現れると、引き締まった腹筋の中央に愛らしいお臍《へそ》が確認出来た。

徐々にシミひとつない白磁のような生肌が露《あら》わになっていくと、細い両腕が持ち上がって脱衣を補助してくれる。そしてブルンと、量感のある双乳が血走った眼に晒《さら》された。

飾り気のないシンプルなストラップレスブラジャーが、彼女の豊満な乳房の大きさを際立たせている。

(やっぱり凄いや……!)

乳首をギリギリ隠す程度のハーフカップから、今にも肉の果実がこぼれ出しそうだ。ブラに包まれていても、乳首の突き出し具合は手に取るように確認できた。

「アアアァアン……早くぅ…………………」

滑らかな女性の肌に見とれてしまっていた勝彦は、急《せ》かされてハッと我に返り、次の行動に移る。セーターを脱がせたら、次はブラジャーを外すのだ。

(……いよいよ生パイがこの目で見れるんだ！……この手で触れるんだ！)

勝彦は犬みたいにハァハァ言いながら、ブラの背中に手を回してホックを指で探す。

(あった、コレを外せばいいんだ。これで、サラ先生のオッパイは僕のモノになるんだ！)

意気込んだ両手がブラのホックを摘み、クイッと留め金を外す。そして、抱き付いていた女体から離れて、ホックの外れたブラジャーをサラリと胸から外す。……ところが！

「ヘイ！　アナタ、ワタシの話聞いてマスカ？」

「えっ…………？」

この時、勝彦の目の前にいたサラは、元の通りニットセーターを身に着けていた。

(あ、マズイ………)

妄想に耽《ふけ》ってボーっとしていた現実の彼は、金髪講師の呆《あき》れた視線に睨《にら》まれていたのだ。

「すみません。その………毎日徹夜で勉強してるもんで……」

そんなのは当然出任せだ。

だが嬉《うれ》しい事に、美人講師は勝彦に思いきり顔を近付けて怒っている。たとえ怒られたって、彼女の毛穴まで見える至近距離に近寄れたのだ。口ではとりあえず謝ったけれど、内心嬉しくてたまらない。

そうして妄想の対象から直《じか》に叱咤《しった》された事で、勝彦は妄想を止めるどころか却ってよりディープな世界に浸り込んでいく。

「授業中ニ余計な事を考エていてはイケマセン。一体何を考エテいましたか、カツヒコ？」

ピンクの唇が、若者の耳元で艶《つや》っぽく囁く。

「OH！ それは何デスカ？」

「あっ！」

慌てて隠しても遅い。勝彦は、ズボンの前が裂けそうに突っ張った下半身をグラマー講師に見つけられてしまった。

「フフ～ン、怪しいですネ。もしかしてズボンの中に、校則違反の携帯電話を隠してるんじゃアリマセンカ？ 先生に見せてみなサイ」

「ダ、ダメです……ああっ…………！」

サラは抗《あらが》う勝彦の手を払い除け、こわばった彼の下腹部を握って、その形状を確認した。

「ウ～ン、これは携帯電話じゃアリマセンネ……大き過ぎます……」

しなやかな指使いがこわばりをさすり、ギュッと握ってゴシゴシ擦《こす》り立てる。

「ああっ、出ちゃう！」

「出ちゃう？ 何が出ちゃうのデスカ？…………勝彦、この太くて固くて、ピクピク動いてる棒が何なのか、答えナサイ」

「そ、それは…………」

「それは？………何デスカ？」

「それは………僕の……ペニスです………」

「ピーニス⁉　イッツ　グレイト！」

金髪講師に責められ、勝彦は恥辱の告白をしてしまった。

「デモ、どうして勝彦のオチンチンがこんなになってるデスカ？　授業中にSEXの事を考エてましたね？　誰のハダカを想像してたのデスカ？」

サラは若者の下腹部を撫《な》で続け、質問を重ねる。さすられたソコは、時折ビクッ、ビクッと大きく痙攣《けいれん》を起こし、内側から透明な粘液が染み出てきていた。

「それは………サ、サラ先生の裸を………」

「NO！　先生をそんな淫《みだ》らな目でミテイタなんて、侮辱デス！　勝彦には、お仕置きが必要ですネ」

そう言って妖《あや》しい微笑《ほほえ》みがジ〜ッとジッパーを下ろし、猛《たけ》り狂った肉棒を握って、まだ大人になりきっていない先端部をしこしことしごいてみせる。

「あうっ………！」

「フフフッ、まだ敏感なようデスネ。授業中にボッキしていた罰として、絶対に射精してはイケマセン」

ニットセーターを着たダイナマイトボディがしゃがみ込むと、勝彦の机《つくえ》の下にもぐり込んで、脈打つ肉棒に顔を近寄せる。

「Oh! Boy's be ambitious!! すごいワ……見てるだけデ、感じちゃいソウ………」

マニキュアを塗った手指が反り返りを捧げ持つと、先端を被《おお》っている包皮をそっと押さえ、軽く下方へ引き下ろしてみる。すると肉棒の頭頂部はベロリとめくれ、赤々としたツヤツヤの生亀頭がムッとした異臭と共に顔を出した。

「あっ……！　先生、そこは…………」

「Don't worry………先生に任せテ」

「うっ……！」

ルージュを引いた唇からぬめった舌が伸び、味見をするようにソアな粘膜にちょんと触れて、むくれた赤亀頭をペロペロ舐め回す。

「おいしいヨ……キミのペニス」

ピチャピチャ、ぴちゃぴちゃ……エロチックなリップノイズが教室中に響き、チロチロ動く舌先が雁《かり》のくびれをなぞって、溜まった恥垢《ちこう》をキレイに掻《か》き取っていく。

更に、血管を浮かせた幹から黒いジャングルを茂らせた根元までたっぷりと唾液がなすり付けられ、皺々《しわしわ》の垂れ袋まで口に含まれて、薄皮越しにボールが転がされる。

「あぁぁ……先生……僕、もう………」

巧みな口技に早くも音を上げた勝彦は、呼吸を乱してうめき声を発した。

「まだ出してはイケマセン。先生、早い子は嫌いデス」

今までのは下準備だと言いたげに、教育者の手指が肉棒を握り直すと、SEXYな口をいっぱいに広げて、生徒の分身を頭からズッポリの喉《のど》の奥に呑み込んでいく。

男性自身を根元まで金髪講師の口に含まれた勝彦は、全身がとろけるような温かさを感じて、天国の気分に浸り込んだ。濡《ぬ》れた粘膜洞が収縮してうねり、肉幹を締め付けるように上下に動いてジュップジュップ音をさせる。

「これがフェラチオです。気持ちイイデスカ？」

「ああっ……！」

何もかもを吸いこんでしまいそうな密着感に、勝彦の意識は痺《しび》れていく。

じゅくじゅく湧き出す唾液の潤滑剤が絡まって淫らなオーラルの音色を奏で、リズミカルな指さばきがそのハーモニーに加わる。

「うはあぁぁっ………先生……。先生のフェラチオ最高です！」

脂汗を垂らして強烈な快感に耐える勝彦の股間《こかん》で、金髪の頭が激しくアップダウンを続けている。袋を揉まれ、竿《さお》をしごかれ、亀頭を吸われて、徐々に彼は腰を浮かせていく。

「うあぁぁあぁ……先生……もう……もう出ちゃうッ！」

サラの口に愛され始めてまだ30秒しか経っていないのに、若者は切ないギブアップの声を出した。しかし、それでも厳しい指導が中止される事はなく、揺れる金髪はブチュップチュッと下品な音を立て続ける。

「あ…………はぁぁぁぁぁぁぁ…………」

それから3つ数える間も無く、パンパンに張りつめた亀頭がひときわ大きく膨張して大爆発を起こし、煮えたぎった白い奔流を物凄い勢いで噴出させた。

「Oh!　great!!」

ドピュッ！　ビュッ、ビュクッ！　ビビュッ、ドピュピュッ！

「あぁ、とてもアツイ……。こんなにイッパイのシャワー、久し振りデス」

何度も何度も、大量の白いマグマが果てしなく連射され、サラの顔面に飛び散って、髪の毛までもまだらに汚していく。それを彼女はうっとりして受け止め、餓鬼の如く舐め回し、尿道に残ったスペルマも1滴残さず搾り飲んだ。

「フゥ、こんなに早く射精してシマウなんて、君は不合格デス。補習を受けてモライマス」

口の周りをスペルマでべとべとにした金髪講師は、数歩後退して教卓の上に腰を下ろすと、ミニスカートから惜しげもなく露出している白い太腿《ふともも》を左右にガバッと開いた。

「ああっ……!!」

驚いた事に、彼女の下半身は下着を着けておらず、秘密の部分が剥《む》き出しにされている。

無論、勝彦がそれを目にするのは初めての事である。

「さア……今度はキミが、先生を気持ちヨクしテ………」

ソコは既にぐっしょりと湿り、いやらしい色にぬめ光って口を広げている。

「………す、すごい……。コレが女の人の……。先生のオマンコ……」

夢にまで見た神秘の花園を直視して、思わず彼はその場に跪《ひざまず》き、ヘアーの数が数えられる程、顔を接近させた。たまらない濃厚な女臭に脳髄を刺激されながら、震える指がぬめりの中心に伸び、ぼってりした肉唇に触れてみる。

「ソはあぁ………」

貝みたいな形をした不思議な軟体動物の襞を、１枚１枚めくって中身を確認し、内側にもそっと指先が侵入した。

「ココが膣《ちつ》か………」

ぬかるんだ肉色の粘膜壺《ねんまくつぼ》は、熱く熟して、じわじわと乳白色の分泌液を滲出《しんしゅつ》させている。しかも生肉が生きているように蠢《うごめ》き、差し入れた指をキュッと締め付けてくるのが驚異だ。

「もっと深く指ヲ入れてイイノヨ……」

オンナの愛撫《あいぶ》の仕方を知らない若者は、まだ遠慮がちに指を少しずつ根元まで挿入し、そのまま上下に動かしてみる。

「うぅん……ヘイキだから………グチャグチャ掻き回してェッ！……先生のオマンコ、

舐めてチョウダイ！」

チェリーボーイが精一杯の愛撫で貪欲な女陰を嬲《なぶ》り、溢《あふ》れ出る膣液をすすって肉裂にも舌を這《は》わせ、芳醇《ほうじゅん》な蜜《みつ》の味に酔い痴《し》れている。

「モット！　モット激しく！　それでは、女性を満足させるコトハできまセン。ハオオォオオォッ!!……YES！　ソウデス！……ソコを……もっと……あハァアアァッ……」

ようやく満足できる働きをしてくれた指に喜悦して、グラマー講師はセーターを胸の真ん中に寄せてバストを露出させ、自ら乳房を掴《つか》んで乳首をペロペロ舐め始めた。更にいつの間にか裸足になった爪先《つまさき》を勝彦の下腹部に伸ばし、足で彼を摩擦している。

「あうっ……センセ……」

流石《さすが》に今度は射精をこらえようと、勝彦はクンニに没頭した。自分が発射してしまうより先にサラをイカせるのだ。乱暴に2本指を出し入れさせつつ、クリトリスを舐め転がして、小陰唇を甘噛《あまが》みしてやる。

しかし、彼女の足の指に雁首を挟まれ、ゴシゴシ擦られて、またもチェリーボーイは限界に達してしまう。

「あああぁ……出る……出るぅッ!!」

ドクッ！　ビュルルッ！　ビュッ、ビュッ！……ピュッ……。2回目だというのに、夥《おびただ》しい量の絶頂液が宙を舞い、グロテスクにねじれたサラの陰肉に飛びかかった。

ame!"
sylum now
time ago,
dies.
looked
called the man "K
and dangero
have been said.

「フゥ～……もうスコシでしたが、また不合格デスネ。……ワタシを満足させないと、補習は終わらせませんヨ」

童貞が相手で、彼女も大分参っている様子で、焦っているような手が若者を机の上に押し倒すと、その腰にぐしょぐしょの股間を跨《また》がらせる。

「サスガ、ヤングボーイはタフですネ。二回も出したのに、まだカチンカチンです。……これから、ドッキングします……んフッゥ……あはぁあぁあああぁっ」

勝彦が心の準備をしないうちに、白いヒップが沈み込んできて、女の中心にヌルッと肉棒を滑り込ませた。

「あああああああああああああぁぅ…………………」

不意に襲ってきた未知のヌメヌメ感に、勝彦は魂が抜かれたような奇声を漏らした。

「……ドウデスカ、初めてオンナのナカニ入った感じは……？」

「…………こ……これが……オマンコの中………!?」

火傷《やけど》しそうな熱さと、からみついてくる肉襞の刺激が、男の欲望を際限無く責め立ててくる。肉と肉との交わりがこんなにも感動的だなんて、勝彦は全身が性感帯と化して、またもスペルマを発射してしまいそうに苦悶《くもん》していた。

「あぁぁ……先生のオマンコ気持ちいい……！　また直《す》ぐイッちゃう…………」

「先生もイキソウデス。……Coming………I'm coming, too!」

英語講師が口走った嬌声《きょうせい》に興味惹《ひ》かれた勝彦は、その意味を質問してみた。

「……サラ先生…………カミングって、どういう意味ですか……？」

「Ah, hah…………。この場合の〝come〟は……日本で言う〝イク〟の意味です。エクスタシーに行くのではナクテ…………エクスタシーが来ると考えれば、ＯＫ。今のはナイスクエスチョンでしたガ…………今は、実技のジカンデス。一生懸命……先生を気持ちよくシテチョウダイ…………Ahahhhh!」

初体験ボーイとのファックがもどかしいのか、フィニッシュが近いのか、サラは自らハードに腰を振り乱し、結合部からグチャグチャ音を出させて悶《もだ》え狂う。当の勝彦は、殆《ほとん》どマグロ状態でなすがままにされ、ただただ鮮烈な女体の悦楽に頭の中を真っ白にさせているだけだ。

「せ、先生……凄いや……。僕を犯してるみたいだ…………」

「アハン？…………イエース、That's right. 私はカツヒコを、Rapeシテマース…………」

サラも淫猥に腰をくねらせ、乳房をボヨンボヨン揺らして、獣のように叫ぶ。

「あぁぁ…………もう……もう我慢できません……！……出してもいいですか……？」

泣きそうな声がＳＯＳを発信したが、彼自身既に、年上の美女に虐げられる事を快感に感じ始めている。

「はぁぁあぁぁ…………出ちゃう…………出ちゃうッ……！」

だがその時、サラは突然腰の上下動をストップさせた。

「え…………？　ど、どうしたんですか先生……？」

体位を変えようとしている訳でもなく、青い瞳がただ、若者の怪訝《けげん》な顔を悪戯《いたずら》っぽく見据えていた。勝彦にはサラの真意が理解できない。

そう、彼女は焦《じ》らしているのだ、男の哀れな声が快楽を懇願してくるのを。そして、性欲の虜《とりこ》と化している勝彦は、迷わずその言葉を口にした。

「先生、お願いしますっ……。どうか…………どうか、僕をイカせてください！」

「ンフ……自分からおネダリしたわネ？　Ok!　boy」

その一言を確認したかっただけなのか、淫らな生腰が再び躍り出し、バンバン肉の衝撃音を発してファックを続けた。

「ああっ……サラ先生の絡み付いてくるッ!!」

前よりも激しいリズムが、生徒のペニスを食い締めながら悶えくねる。

「An…………Oh……あフゥ…………！」

自らバストを揉みしだき、金髪講師は男の精を搾り尽くそうとする淫魔のように乱れた。

「出しなさイ。……私の中ニ、イッパイ注ぎ込みなさイ！…………Come on!!」

「うっ、あぁぁっ！」

そしてとうとう、3度目のほとばしりがサラの子宮の中に爆発する。

「ああっ……先生っ！……出るっ…………出ますっ！……おッ……うあああァァ～っ!!」

「Ahhhhhhhhh!!」

若者の痩身《そうしん》が断末魔の痙攣を起こし、ビクッビクッと震えてありったけの白濁液を一気に発射させた。

その瞬間サラは怒張を抜去し、間欠泉の如く噴き上がるスペルマを全身に浴びて、恍惚《こうこつ》とした至上の幸福感を満喫している。


（あぁ…………幸せだ……）

それは幸せだろう、全て想像でここまでのめり込めれば。

ハッとした彼が周囲を見回せば、教室には既に誰もいない。勝彦が夢の世界に行っている間に、授業は終了したようだった。

（しまった……。またやっちゃった…………）

だが、彼は1人ではなかった。その目の前にあの金髪グラマーが立っていて、じっとコッチを見つめている。

（え……？　サラ先生が、僕を見てる……。ぼ、僕と2人っきりで？　まさかそんな……）

するとサラは、哀れみの声でこんな事を言った。

「……キミ……そんなにタマッテるの？」

それだけ言うと、彼女はバストを揺らしてさっさと教室の外へ出ていってしまった。

どうしたんだろう？　何故《なぜ》サラ先生は自分を哀れむような目で見ていたのか？　勝彦は考えた。すると、その疑問に下半身が答えてくれた。

「う………なんかパンツの中がネバネバする！」

それで察しがついた。彼は妄想しながらズボンの膨らみをしごき、トランクスの中に有り余った若さを吐き出してしまっていたのだ。しかもその様子を、全部あのグラマー講師に見られていたに違いない。

「トホホ……情け無い………」

その妄想癖のお陰で、彼はこの手の失敗をいつも繰り返している。

これからも、直りそうにはない…………。

※　　※　　※

予備校のトイレで簡単に下着を洗い、勝彦はノーパンにズボンを穿《は》いて帰途についた。

校舎の出口を出ると、そろそろ西の空が赤く色付いてきた時刻だった。

（あ、確か今日は発売日だったな……）

勝彦は、愛読の月刊コミック誌が本日発売なのを思い出し、駅に向かう道すがら一軒の書店に立ち寄った。

そこは駅前商店街のアーケードの奥にある、昭和の香りのするちょっと古ぼけた本屋だった。だがこういう店だからこそ、郊外型のファミリー向け大型店にはない種類の本が数多く取り揃《そろ》えられていたりする。そう、ここは専門店と言っていい程ポルノ雑誌を中心に扱っている書店だ。一応一般の週刊誌やコミックも申し訳程度に置かれているが、彼の目は当然そんな物になど向きはしない。

店内を一通り見て回った勝彦は、お目当てのコミック誌を手に取ってページを開く。それは『スィートぱせり』と冠せられた成年コミック……エロマンガ雑誌だった。その掲載作品の中でも、勝彦は〝速世深紅《はやせみく》〟という作家の大ファンだったのだ。彼女（？）の作品はハードなSEXシーンばかりで、オナニー大好き少年たちにとって最高のズリネタになっている人気作家である。

（今月号も凄いなぁ。……殆どモロにアソコが描いてある）

扉絵を開くと、一コマ目から局部をこちらに向けた美少女のアップが誌面を賑わせていた。トイレでエッチしてるカップル、そこに乱入する外国人の男、彼らを盗撮する男。リアルで生々しい亀頭、肉棒、陰毛、小陰唇にクリトリス。飛び散るスペルマ、吹き出す愛液。何もかもが猥褻《わいせつ》極まりない、ハードコア描写のオンパレードだ。

（こんなキレイな線でこんなエロい画描くなんて……。やっぱり速世先生って男かなぁ？）

速世深紅というペンネームからすると女性のようだが、女の名前を使う男性作家も多い。だが勝彦は、その美しいペンタッチから速世深紅が女性であると確信している。

（女だってこれぐらい淫らな想像はするはずだ。間違いなく速世先生は女性だ！………でも女流マンガ家って結構美型が多いって噂《うわさ》だよなぁ……。どんな人かなぁ……）

最近の勝彦は、この作品よりも作者自身に興味が集中し、彼女（？）の人物像を空想しては溜め息ばかり吐《つ》いているのだから呆れてしまう。

（こんなハードプレイばっかり描く人だから……女王様タイプなのかもなぁ……？　それともマンガ家らしく、1人で自宅にこもってる引っ込み思案なタイプかもなぁ……）

なんて幾ら考えても、どれが現実に近いのかさえ分かりはしない。コレばっかりは好き勝手に妄想しても意味が無い事だった。そこでふと、勝彦の目は違うところに向いた。

今月号の作品の主人公は、モテない男が好きな少女を盗撮するストーカーネタだった。望遠鏡で覗《のぞ》きをしていた男が、ヒロイン2人のレズ現場を目撃し、写真をネタに彼女たちをレイプしてしまう話だ。

（望遠鏡………？　そう言えば、家にも望遠鏡があったよな……）

マンガの覗き行為に触発され、彼も同じ事がしてみたくなったようだ。小学校入学の際に貰った物が押入れの奥に仕舞い込んである。それを使えば何か素敵な体験が出来るような予感がして、勝彦の心は期待にトキメいている。

（よし、早く帰って望遠鏡を引っ張り出そう！）

手にしていた雑誌を購入すると、ウキウキした足が駅に向かって真っ直ぐ駆けて行く。


「どこにやったかなぁ…………？」

無造作に放り込んであったガラクタの山をかきわけて自宅の押入れを引っ掻き回すと、30分程して目的の箱が見つかった。早速説明書を読んで組み立てると、自分の記憶にあった物より遥かに立派な望遠鏡が完成した。

「コレはいいぞ！」

さて一体何を覗いてやろうか？　お誂《あつら》え向きに高台にある彼の自宅の2階からは、向かいの高級マンションを一望する事が出来る。あそこなら獲物になるような美女の5～6人は住んでいるだろう。実のところ勝彦は、前々から向かいのマンションの住人には目を付けていたのだ。

そこで彼は、実際に覗きを行う前に目標のマンションに行って、下調べをしようと思い立った。

靴を履いて小走りに外へ出て、ワクワクしながら早足で坂道を下る。

（ここで張り込んでればバッチリだ）

この高級マンションの入口はオートロックになっていて、建物の中に入る事は出来ない。

だが勝彦は、入口の所で住人の出入りを見張っているだけでその人物の部屋番号も名前も知る事の出来る手段を思い付いたのだ。

（郵便受けを見張ってればいいんだよな。僕って頭いい！）

帰宅した住人の殆どは自分の郵便受けをチェックするし、郵便受けには大抵住人の名前が書かれている。時間も丁度宵の口、ＯＬなんかが退社してくる頃合いだ。

付近にある自販機で買った缶コーヒーを飲みながら、勝彦はＴＶドラマの刑事よろしく張り込みを始めた。……しかし……ターゲットになりそうな女性は中々現れなかった。


「おおっ！」

ダレてきた勝彦の目が生き返ったのは、張り込み開始から1時間程経過した時だった。

（居る所には居るんだな、こういう美人が………）

路地の角から姿を現したのは、手に巾着を下げた和服のいい女だった。藤色に朝顔を染め抜いた高価そうな留袖《とめそで》に、艶《あだ》やかな翠髪《すいはつ》を束ねて簪《かんざし》で止めている、しっとりした気色の持ち主だった。優しげな目元が婀娜っぽく、細面には軽く白粉《おしろい》がはたいてあって、それとは対照的に唇は鮮やかな緋色《ひいろ》で彩られており、その下には小さな黒子《ほくろ》が見えた。高く結い上げた髪の下から覗く項《うなじ》は雪のように白く、微かにはねた後れ毛がそこはかとなく男心をくすぐる。着物を着ているせいで判別しづらいが、朱色の帯の下のプロポーションは相当なもののようだ。お茶の匂いだろうか、エキゾチックな芳香が風に乗って、勝彦の鼻をくすぐってくる。年齢は20代後半から30代……？　イヤ、和装で大人っぽく見えているだけで、実際はもう少し若いようにも思える。おそらく20代中盤ぐらいだろうと、勝彦は予想した。

（ああ、こんな女性の肌を、もっと間近で見つめていられたら………）

そんな想像をしている若者の前を通り過ぎ、静々とした歩調がゲートをくぐってマンションの中に入っていく。そこで期待通り、郵便受けを覗き込んで数通のチラシやＤＭを取り出し、ナンバーキーを解除してガラスの向こうに消えて行った。

あの和服美人がここの住人である事はほぼ間違いない。勝彦は慌てて郵便受けに駆け寄り、彼女が開いた小さな扉を確認した。

（４０８号室………小笠原《おがさわら》さん、か………）

純和風な女性に相応しい名前だと、勝彦は勝手に感動した。

（よし、家に帰って４０８号室を覗くぞ！）

妙な固い決意を胸に、若者は回れ右して出口に向かった。

ところがそこへ、藪《やぶ》から棒に彼の身体目掛けて何かが激突してきた。

「わあっ‼」

ドスン！という衝撃と共に、勝彦は文字通りもんどりうってコンクリートの床に転倒し、しこたま腰を痛打して暫《しばら》く起き上がれなかった。

「いったぁぁぁぁいぃぃいっ…………！」

幼い女の子の悲痛な声が聞こえる。どうやら勝彦とぶつかったのは人間、それも少女だったらしい。

やはり、そこにはピンクの髪の毛を三つ編みにした愛らしい女の子がいた。勝彦同様思いきり床にひっくり返り、大きなメガネ越しに涙を流して両手で額を押さえ、エグエグうめいている。小柄である分、勝彦よりも受けたダメージが大きかったのだ。

「だ、大丈夫………？」

元来内向的な勝彦は、済まない事をしたと感じて彼女の身を案じた。

だがそこで、思わぬ事態が発生していた事に気付いた彼は仰天した。少女は転倒した拍子に脚を開いてしまっていて、白いパンティが丸見えになっていたのだ。ナイロン越しになだらかな膨らみを見せる神秘の丘に、チェリーボーイの視線は釘付けだった。

「ううううっ………ご、ごめんなさい〜っ……」

オデコを押さえている少女が、ようやく口を開いた。実はこの衝突事故の原因は、彼女が前方確認を怠って走ってきた事にあった。それを素直に謝罪しているようだ。しかし、勝彦の目線の行き先を悟った途端、少女は声を裏返らせた。

「…………うにゃあっ⁉」

奇妙な悲鳴を上げた少女は、ドタバタ大慌てで股間を覆い隠す。

その声に、勝彦も我に返って赤面した。

「み……見ちゃったよね…………？」

「う…………うん…………」

お互いに何と言っていいか分からず、ぎこちない空気が辺りを漂う。

そんな気まずい間に耐えられなくなったのか、突然少女が立ち上がってこう言った。

「あ、アタシもよそ見してたし…………パンツ見られたって事は……その……おあいこって事で…………」

「あ、うん…………」

くりくりメガネを掛け直したおチビさんは、そそくさと散らばったＢ４サイズの紙を拾い集めている。ケント紙か上質紙か、質のいい紙だ。

「あ……僕も手伝うよ」

「え……いいです！　すぐ済みますからッ!!」

少女は焦って紙片を掴み集めると、勝彦に背を向けてマンションの中に入って行った。

（……僕が、そんな怖い男に見えたのかなぁ…………？）

高校生……？　中学生ぐらいだろうか？　可愛《かわい》い女の子からそんな風に見られたのかと思うと、チェリーボーイの胸の奥がズキンと傷んだ。しかし、あの純白の三角布が網膜に焼き付いてしまっていて、直ぐにそっちの方に気が行ってしまう。

（可愛い女の子だったよな……。中学生かな……？　小学生には見えなかったな………）

大きく開かれた子鹿のような両脚。その中心にあった、まだ汚れを知らないであろう秘密の花園。手を伸ばせば触れられる距離にあった、彼にとっては未知の世界。

「ヤダァ、勝彦さん………あんまり見ないでくださぁい……」

彼の頭の中で、三つ編みの少女が恥らって言った。

「勝彦さん……アタシのココが気になってるみたいですね。………いいですよ、ぶつかっちゃったお詫《わ》びに、アタシのアソコ見せてあげても………」

そう囁いて彼女は、スルッとショーツを脱いで股間を広げる。

「アタシのヘアー、少なくて赤ちゃんみたいでしょう………」

童顔の少女は、下腹部に産毛のような繊毛《せんもう》をチョロッとだけ生やしていた。

（いや待てよ。ああいう娘《こ》に限って、顔に似合わず剛毛なのかも知れない……）

「恥ずかしい………。最近お手入れ忘れちゃって、オマンコの毛がボーボーなの……。

お尻の穴まで生えてるでしょ……」

（ワレメは大きいんだろうか？　小さいんだろうか？）

「大きいんだよぉ……。アナタの大きなモノを、ズッポリ咥《くわ》えこめられるように………」

「小さいのぉ……。アナタのモノを、キュウキュウって締めつけるわよぉ………」

ここまで妄想してすっかり欲望を硬直させてしまった勝彦は、汁を垂らしてこわばっている肉棒をしごくべく、ズボンのジッパーを摘んで引き下ろす。

（あっ……何してるんだ僕は⁉　こんな事してる場合じゃないんだ）

危うく他人のマンションの入り口でオナニーを始めてしまうところだった若者は、本来の自分の目的を思い出して、落ち着き急いで走り出した。一刻も早く帰宅して、４０８号室を覗かなくては！

※　※　※

「フゥ……。どれどれ、あそこが４０８号室かな……？」

自室に戻った勝彦は、ベランダからカーテンに身を隠して、向かいの建物の4階の窓の一つ一つを覗き、目的の和服女性の部屋を探索した。望遠鏡を通して見た他人の部屋は、予想していた以上に大きくはっきりと目に映っている。

「…………おっ、ココだ！」

望遠鏡の視界が、目的の小笠原さんの部屋を捉《とら》えた。確認の必要なんかない。小笠原さん本人の姿が見えているのだから。ピントを合わせると、あの和服美人が自分の１メートル前にいるかのように克明に観察できた。

「お…………おおおおっ！　あれはまさか⁉」

カーテンが半開している窓際で、和服美人が腰に手を回している様子が見て取れた。もしかしたら、帯を解いて着物を脱ごうとしているのかも知れない。外出帰りなのだから、その可能性は高いはずだ。

「あ……やっぱり。小笠原さんが帯を解いたぞ！」

勝彦の期待通り、熟女がスルスルと朱色の帯を解き、隣家から覗かれているなどとは夢にも気付かず、ハラリと肩から着物を脱がせた。

着物というものは、外見とは裏腹にかなり保温性が高い。彼女の白い首筋が微かに汗ばんでいるのさえ手に取るように判別出来るのだから、もう嬉しくてたまらない。

そこで勝彦は、彼女はきっとお茶かお花の家元なんじゃないかと決め込んだ。そして、襦袢姿《じゅばんすがた》の家元が最後の１枚も脱ぎ去った時、彼は視神経を射抜かれたようなショックを受けた。

「ああっ…………‼」

襦袢の下から現れたものは、赤い腰巻でもSEXYなランジェリーでもない、妍艶に成熟した白い生肌であった。家元は下着を一切身に着けていなかったのだ。

あっさりと生まれたままの麗しい裸体を披露されて、勝彦は呆気《あっけ》に取られている。

（……覗きがこんなにもいいものだなんて……）

予備校の金髪講師みたいなUSA直輸入風のグラマーボディもたまらなかったが、こちらの和風情緒あふれる濡れ肌も棄《す》て難い。第一、乳のデカさはこっちの方が上だ。どう見ても90センチ以上ある爆乳だった。

その重たげな膨らみの先端には、鴇色《ときいろ》の乳頭が慎《つつ》ましく頭を出している。乳輪が大きくて猥褻に感じてしまう。ウェストは余り細くなく、ヒップまでまろやかなカーブを描いている。男に抱かれ慣れているに違いないと思える、そそる肉体だ。

（……アソコはどんなになってるんだろう……？）

和風美人の陰毛の生え具合はどんなもんなんだろう？　品定めをしてやりたいが、家元は背中を向けていて下腹部を見る事が出来ない。

全裸のまま脱いだ着物を畳んでいる彼女のヒップばかり凝視しているうちに、勝彦の意識はまたも異世界に飛んで行く。

「風情がありますねぇ、先生？」

狭い茶室の中に、冷たい空気が流れていた。

勝彦が先生と呼んだのは、無論彼が茶道の家元と決め付けた美熟女の事だ。だが家元はその問い掛けに答える事が出来ない。彼女の肢体にはきつく荒縄が打たれ、着物の胸部ははだけて生乳房が剥き出しに締め付けられているのだから。

「う……うぅぅ…………こんな無体な…………」

すらりとした両脚は大きくＭ字型に開かされ、やはりぎすぎすに緊縛されている。素足の先端を包む真っ白な足袋が、妙にエロチックだ。緊縛にぎゅうぎゅう絞られている豊乳が汗ばみ、先端部をにょっきり突き立てていた。

「お願い東堂さん、縄を解いて………。こんな恥ずかしい格好……耐えられません……」

家元はただ縛られているだけでなく、動けない身体を逆さまにされて、屈辱的な逆立ち状態にされていた。勿論陰部も丸出しで、媚肉にはがっちり縄が食い込んでいる。これは勝彦が１人で縛ったのだ。中々の出来映えだと、彼自身満足している。

「ああ………東堂さん、後生ですから………」

赤らんだ頰《ほお》がモジモジして、助けを求めている。

「本当に恥ずかしいのかい？　それとも、感じてるのかな？」

「か、感じてなんかいません！」

家元は慌てて否定したが、詰問者の手が彼女の絞られたバストを掴み、やんわりと揉み込み始める。

「ああっ……………かはっ………くうぅ…………」

乳房に軽く触れられただけで、家元は切ない吐息を発して、じわっと女の泉から恥蜜を湧き出させる。

「ハハハハ、やっぱりカラダは正直だね」

「ああ………見ないで……。見ないでください！」

大きな花弁を淫欲の露で濡れ光らせ、くらくらする芳香を放ちながら、浅ましくも美しい女花が咲き乱れている。

勝彦が室内を見回すと、床の間に薄紫色の桔梗《ききょう》が生けられているのが目に入った。その花を剣山から一輪引き抜き、涙目に見せ付ける。

「これは先生が生けたんですか？　僕にも生け方を教えてくださいよ。……こうですか？」

「あ、イヤッ！……そんなもの、アアッ…………！」

先を斜めにカットしてある茎は、家元のオンナの中心にヌルッと滑り込み、瑞々《みずみず》しい葉と一緒に肉壺をずぶずぶ侵入していく。

「はぁあああぁあぁあぁあぁ…………」

「小笠原先生は、太いのは好きじゃないんですか？」

「あああ……そんな事……訊《き》かないでェ…………」

使い込まれた女壺に緑の細棒で円を描くと、家元の脹脛《ふくらはぎ》がピクッピクッと痙攣して、足袋の爪先がググッと閉じ曲がる。

そこへ勝彦は、もう一輪桔梗を追加して、二本の生花を交互に出し入れさせた。

「あうっ！　あっ、あひいぃっ…………!!」

雅《みやび》な風情をしていた女が、淫らな嬌声を上げて悶え狂う。

「どうしたんですか？……辛《つら》いなら止めましょうか？」

勝彦がワザとらしく尋ねると、女の濡れ声が本音を漏らした。

「アハン……やめないで…………。いい気持ち……！

もっと私をいじめてください!!」

「どこが気持ちいいんですか？」

「……オ……オマンコ。…………私の卑しいオマンコですッ！」

肉体の疼《うず》きに耐えきれず、家元は桔梗に擦られている壺から女汁を吹き出しながら、恥辱の卑語を口走った。

「では、もっといい事をしてあげますよ」

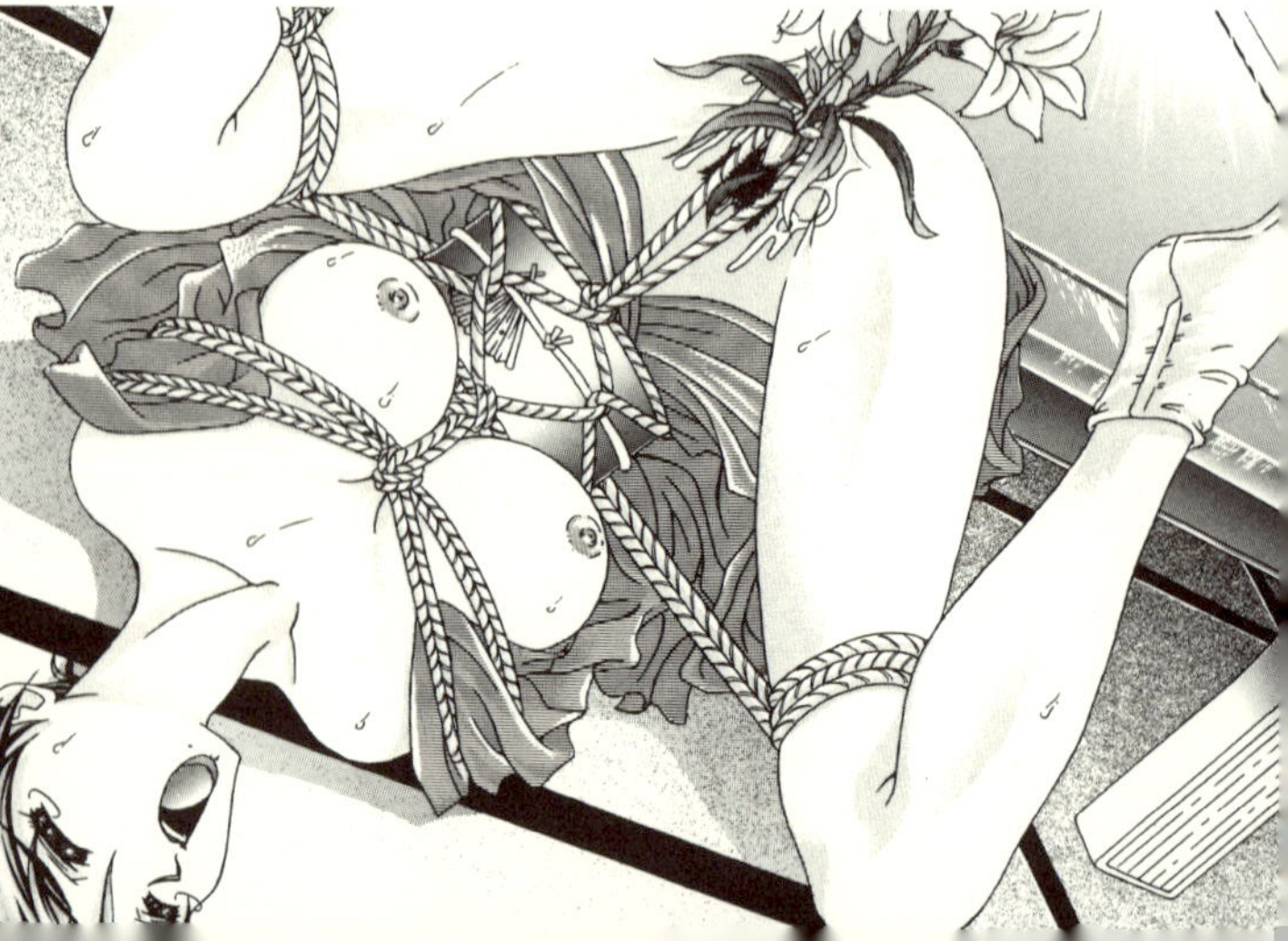

そう言って勝彦は緊縛の媚態を抱き起こし、柱を背に家元を正座させたまま改めて縄化粧を施した。

「美しい……。あなたはそうして、和服を乱して縛られているのがよく似合う」

再び勝彦が室内を見回すと、さっきまで無かったはずの茶釜《ちゃがま》が部屋の真ん中でしゅんしゅん湯気を立たせている。ここは彼の夢の世界。これから先も、何が起こるか分からない。

茶釜の横に置かれてあった茶筅《ちゃせん》を手にして、勝彦は家元を見てニヤッと笑った。

「その茶筅を………ど、どうするんですか………？」

「これはお茶をたてるために使うものですね？　でも先生は……他の用途にも使ってるんじゃないですか？」

「な……何をおっしゃりたいんですか⁉」

精巧に竹を組み合わせて作られた細工物を、勝彦は彼女の胸に押し付ける。たっぷりした肉を格子の隙間《すきま》に減《め》り込ませるようにしてぐいぐいと。

「こういう事ですよ」

「クゥッ………はああぁあああっ…………………」

かさつく薄皮の側面が乳頭を擦る感触に、たちまち家元は甘い声を上げて戦慄《わなな》いた。擦られた突起はむくむく隆起し、コチコチに硬直している。

乳首を、乳房全体を、勝彦はカリカリと引っ掻いていくように強く、あるいはくすぐるようにやわやわと、緩急をつけて刺激した。

「あふうぅ……んっ、んあぁ………」

茶筅を臍の下へと持っていくと、鼻にかかった吐息がどんどん色っぽく変わっていった。ふさふさに繁《しげ》った秘叢《ひそう》がほんのり湿り気を帯びていて、そこに茶筅を押し付けて掻き回してみる。

「ああぁっ！………ひっ、引っ張らないでっ！」

太股をぎゅうっと閉じ、家元は首筋を仰け反らせた。

「先生は結構毛深いんですね。きちんとお手入れも行き届いてるじゃないですか。流石、大人の女性だ」

和服美人の恥毛は両脇がカミソリで整えられているものの、毛足が長く量も多い。その艶やかな草叢《くさむら》を乱暴に引っ張ると、苦痛とも快感ともとれる悲鳴が上がり、茶筅の先には5～6本のちぢれ毛がくっついてきた。

「フフフフフ……どうです、自分の味は？」

毛根の付いた陰毛を家元に唇に押し付け、勝彦は征服感に酔い痴れる。

「本当はこんな所じゃなくて、ヘアーの奥を掻き回して欲しいんでしょう？　期待して、畳にポタポタ汁を垂らしてるじゃないですか」

「あぁ………意地悪なさらないで……。お慈悲を………」

「でもその前に、一服頂くとしましょうか」

勝彦は茶筅を置くと、再び後ろを向いて茶筒を取り、若草色の粉末を茶さじですくって、黒い茂みの上にサラサラと振りまいた。

「え……？　イ、イヤッ！　それは堪忍………」

「ぴったり太腿を閉じてないと、大事な所が火傷しますよ」

柄杓を持った勝彦は、茶釜から煮え立つ白湯《さゆ》をひとすくい汲むと、少し空気にさらして熱湯の温度を下げてやった。それから、怯《おび》える家元のデルタゾーンにちょぼちょぼっと、お湯を注いでいく。

「あああっ!!　熱いッ！　イヤァアアアァッ!!」

皮膚が爛《ただ》れたりしない程度に温度を下げてやったが、熱いものは熱い。家元は絶叫して顔面を青冷めさせた。

「分かってますよ。あなたはソレが気持ちいいんだって」

もう一度茶筅を摘んだ手が、シャカシャカと三角形のお湯を攪拌《かくはん》し、濃厚な抹茶を立てる。家元が立派なのは、卒倒しそうな状態でも、下半身は固く閉じていてお湯を一滴たりとも漏らしていない事だった。

やがて、白湯が泡立って緑に変わっていくに連れ、落ち着きを取り戻した家元のヒップの奥から、またも花の香りの果汁がこぼれ出てくる。己の性《さが》が悲しくて、緊縛の肉体がしくしくと涙に濡れた。

そんな事にはお構いなしに、勝彦は色鮮やかに出来上がった抹茶に見入り、一人で悦にいっていた。

「どうです、自分の下半身でお茶を立てた感想は？　お茶の色に翠《みどり》のヘアーが綺麗に映えてますね」

「………これ以上……恥を掻かせないでッ。……早く……早く飲んでください！」

「そうですね。最高のお茶を、味わってみましょうか」

家元のデルタに顔を埋め、勝彦はズズズッと音を立てて、少し変わった味の抹茶を堪能する。

伝統と格式のある茶道を淫事に使われて、家元は身を斬《き》られるような苦痛を受けていた。そして、それに悉《ことごと》く反応してしまっている自らの罪深さに慄《おのの》きながら、女の肉欲が疼きを増す。

ズルズル……ズッ、ズズズズッ！　勝彦は故意に大きな音を立てて、デルタのお茶を飲み干してゆく。

「ああっ……それは……違います！　噛んじゃイヤッ！」

舌に絡み付いてくるちぢれ毛を前歯で噛むと、勝彦はそれをぐいぐい引っ張っていた。

「もう、許してください…………。それ以上されたら……私は…………アアアアッ……」

そこで家元は力尽き、下半身の緊張が緩まって僅《わず》かに残っていた抹茶が彼女の陰部へと流れていった。

「欲しいんだね、僕のオトコが？」

「…………はい……ください……。恥知らずな女に、太い情熱を……お恵みください……」

「よし……」

上体は柱に固定したまま、勝彦は家元の双膝《そうしつ》を左右に開き、緑の液体で汚れた肉の花園をフルオープンさせる。

「入れる前に、スキンを……スキンを着けてください。そこの水屋に入ってますから」

勝彦は家元を妊娠させる気は無かった。故に、素直に彼女に言う事を聞き、水屋の引き出しを開けてコンドームを捜した。


…………何だか段取りの悪い妄想だ。

（そうだ。せっかく覗きをしてるんだからフィニッシュは妄想じゃなくて、彼女のヌードを見ながらがいい）

下半身裸で目を閉じ、肉棒しごきに没頭していた勝彦の脳裏に、そんな考えが浮かんだ。離していた眼を再度望遠鏡に付けて、４０８号室の着替えショーを覗き見る。…………ところが。

「ん………。アレッ⁉」

ガーン！　さっきまで開いていたカーテンが引かれて、小笠原さんの部屋の様子が覗けなくなっているではないか。

（しまった………。またやっちゃった……）

もう何度目の失態だろう。妄想にハマリ過ぎて、いつも肝心なところでミスを犯す。

ビクンビクン脈打っているペニスはやるせなく風に吹かれ、寒さが急に身に染みてきた。

しかし、このまま昂《たか》ぶった欲求を放置する訳にもいかない。何か他の獲物は無いかと、勝彦はレンズを動かし、向かいのマンションの他の部屋を物色した。

「ああ、小笠原さん程の美女じゃなくってもいいから、誰か着替えでもお風呂でも、ベッドでも覗かせてくれる人は居ないのか………？」

そんな都合のいい事が幾つもある訳がない。己の間抜けを悔やみながら、諦《あきら》め顔がしょんぼりと向かいのベランダ群を嘗《な》めていた時……。

「ん……何だアレ？」

ベランダから外れた建物の東側に設置されている非常階段の踊り場に人影が見える。

不審に思ってピントを合わせてみると、それは洒落《しゃれ》たロングコートを羽織った優男と、ショーツ１枚だけを身に着けたしどけない姿の若い女のシルエットだった。しかもその２

人は、熱烈に肉体を重ね合ったメイクラブの真っ最中だ。

「スゴイ!! 外の階段でSEXしてるなんて……あそこのマンションは最高の覗きスポットだ!」

2人の男女がどんな関係なのかは不明だが、女の方が望んで男の行為を受け入れているように見受けられる。彼女の年齢は20歳ぐらいだろうか。あまり化粧っ気のない顔立ちに、少しウェーブがかったオレンジ色のセミロングの髪が、風に吹かれてサラサラと揺れている。豊満ではないが、均整の取れたボディが健康的魅力に満ち溢れている。脚線もスラリとしなやかで、キュッと締まった足首がピクピク上下に躍っていた。バストはぎりぎりCカップぐらいのサイズで、乳輪が小さく、乳首はむしゃぶりつきたくなるような桜色をしていて、ツンと上向きに尖《とが》っている。

まだ少女と言ってもいい若い女性が1匹の牝《めす》と化して悶え狂っている姿に、勝彦は異常な興奮を覚えた。階段の手すりに掴まり、後から男の欲望をガンガン突っ込まれている生々しい姿態にだ。

慎ましい乳房を手すりに押し付け、ハンハン喘《あえ》いでいる彼女の声が、ここまで聞こえてきそうだ。

(あんな、僕と殆ど変わらない年の人が……あんな激しいSEXしてるなんて………)

その時だ、レンズの向こうの彼女と、勝彦の視線が交差した。

「!!」

覗きを気付かれた訳ではないだろう。単なる偶然によって生まれた〝出会い〟の瞬間だった。

「…………君……見てるのね……私を……………」

彼女の口がパクパク動いて、そう語り掛けてきたように、勝彦は錯覚した。

「イッて……私で…………。私がSEXしてるとこ見ながら……マス掻いていいよ……。私も……君が出すところ見て、イクから…………。いっしょに……ネ………」

望遠鏡を覗きながら、勝彦はたまらず怒張を握り締め、目一杯しごきまくった。今度は望遠鏡から目を離さず、彼女と見つめ合ったまま、彼女の腰の律動に合わせて肉棒を摩擦した。

「ああっ……イクよ……！　イクよ、イクよッ！」

「私も…………。あはぁあああぁ………イク、イクイク……はぁあああぁあああぁん!!」

彼女がビクンと背筋を反らせたと同時に、勝彦もドクッドクッと、窓から空に向かって若いほとばしりを放っていった。

「ハァァ〜…………」

今までで最高とも思える悦楽を味わった勝彦は、しばらくその場でぐったりと脱力していた。それからもう一度さっきの非常階段を覗いて見た時、既に彼女は男と共に姿を消していた。使用済みの、男の精液にまみれたコンドームを残して……。

（あれは確かにコンドームだ、間違いない）

覗きスコープの倍率を上げてソレを確認した勝彦は、無性に彼女が使った物を手に入れたい衝動に駆られた。

「行こう！　もう暗いし。あそこの階段なら外から侵入出来るかも知れない！」

射精したペニスも拭かずにズボンを上げて、勝彦はまた向かいのマンションの入り口目指してダッシュした。


（そう言えば、さっきここで女の子にぶつかったんだったよな。気を付けなきゃ）

小走りにエントランスに差し掛かった勝彦は、1時間程前の衝突事故を思い出していた。

……なのに。

「キャアァアァアァッ！」

「わあっ！」

彼は見事に同じ過ちを繰り返してしまった。

「イテテテ……あ、あれ……？」

何という偶然だろう。勝彦がぶつかったのは、またあの時と同じピンクの三つ編みメガネ少女だったのだ。ぶつかった場所も同じ、相手も同じ、状況も同じ、痛めた個所も同じ、倒れたポーズまで全く同じだった。それはつまり、彼女のパンチラも同じだという事だ。

「きゃっ！」

前回の教訓で学習したのか、女の子は早くそれに気付いて、素早く両手で股間を隠した。

「だ、大丈夫だった……？」

二回目なだけにますますバツが悪い。勝彦は今度は彼女が怒ってるんじゃないかと思い、そっと顔を上げた。

だがそこで、彼は意外なものを見てしまった。

「え………コレって……？」

前回同様、少女はＢ４サイズの紙を辺りにまき散らしてしまっていた。それが前と違っていたのは、白かった紙面に沢山の絵が描かれていた事だ。コマを割ってフキダシのある画……これはマンガの原稿だと勝彦は理解した。しかもそれは、男女のＳＥＸを必要以上に扇情的《せんじょうてき》に描いたポルノ作品だったのだ。

「あ………み、見ちゃったよね……。アタシ……そういうの描くのが仕事なの………。軽蔑《けいべつ》しちゃった？」

パンツを見られた事より、自分がエロマンガを書いている事実を他人に知られた事が、彼女には恥ずかしい様子だ。

だが、勝彦が驚いたのはそれがポルノだからではなく、絵柄に見覚えがあったからだった。彼女の描いたマンガは、紛れもなくあの〝速世深紅〟のマンガだったからだ。

「…………………………速世、深紅……先生…………？」

「え…………知ってるの……アタシの事？」

彼は言葉を失って、少女……イヤ憧れの女性の瞳を見据えていた。


「マンガ家の部屋って、もっと散らかってるのかと思ってた」

「勝彦クンが来るから、今日はチャンと片付けておいたんだけどね。締め切り前はいつもシッチャカメッチャカなのよぉ」

その後、2人はごく自然に交際を始めた。そして間も無く、互いに温もりを求め合い、肌と肌とを寄せ合っていった。

彼女の部屋のベッドの中で、同い年だったと判明した2人が、身体と身体を重ね合わせようとしている。

「……勝彦クン、いいの？　アタシとエッチしたら、マンガのネタにされちゃうかも知れないよ」

「構わないよ。僕はまたそのマンガを読んでオナニーするから」

「あ、ヤダ〜えっち！…………って、それはお互い様だね」

彼女ははにかみ、そして瞳を閉じた。

一瞬の沈黙があり、やがて2人距離はゼロになる。

「好きだよ、ミク……」

「アタシも……勝彦クン大好き…………」

大切な人の甘い囁きを耳元に感じながら、僕は思った。もう、妄想なんてする必要はない。現実の世界で、自分はこんなにも満ち足りているのだから。

初めて体験したその行為は、愛しく切なくて、彼は心の奥底から心地よい幸せを噛みしめていた。

体液フェチOL

会社や学校を終えた人たちでごった返す帰宅ラッシュの午後6時。今日は金曜日だからだろうか、普段よりやや多めの乗客が地下鉄車内にひしめいていた。そんな中に、外資系の大手企業に勤務するOL、霧島沙希《きりしまさき》の艶姿《あですがた》が在った。

チャコールグレーをアクセントにおいたローズレッドのきっちりとしたスーツに身を固め、ミニタイトスカートから伸びていく脚はベージュのパンストで包まれている。足元を飾るハイヒールも、肩から提げたバッグも、スーツと同じ色のエレガントなデザインの物、友人と海外旅行をした時に買ったブランド品だ。髪は項《うなじ》が見える高さで切り揃《そろ》え、きりっとした面立ちに細いフレームの眼鏡を掛けた、理知的な雰囲気のデキる女が霧島沙希だ。

彼女はこれから起こる劇的な4時間を予想など出来る訳もなく、ただぼんやりと退屈な時間を過ごしていた。満員電車に乗っているのが退屈なのは当たり前だが、それ以上に、彼女の胸の中に憂鬱《ゆううつ》の種が存在している。

(金曜日にまっすぐ帰るなんてね……)

彼女自身、自分は満更でもない女だという自負があった。B89、W58、H87というプロポーションもそこそこのものだろうと思っている。現に今、スーツに包まれたそのボディを、前の座席に座った学生風の青年が横目でチラチラ盗み見ているのに気付いていても、決して悪い気はしていない。会社内でも、いつも男性社員からの視線を感じている。

(けどねぇ………)

このクールビューティーな魅力が災いしているのだろう、彼女に近寄ろうとする男は皆無と言っていい程少なかった。全く無視されているなら諦《あきら》めも付くが、噂《うわさ》にされるだけされて、誰一人声を掛けに来てくれないと言うのは寂し過ぎる。

「ハァ………」

重い溜め息を吐いてさっきの青年をチラッと見ると、彼はビクッと肩を震わせて、到着した駅で逃げるように下車して行った。

(何よ、人の事じっと見つめといて、逃げる事ないじゃない！)

ドアが閉まって再び電車は走り出し、空虚な瞳がまた窓ガラスに映った自分の貌《かお》に見入る。彼女が降りる駅は、まだ３つ先だ。

(あぁ……身も心もとろけるような恋がしたい…………。何もかも棄《す》てて、ふたりだけの、時計もカレンダーも必要としない世界へ行く事が出来たら……どんなに幸せだろう……)

この通り、霧島沙希という女は恋愛に飢えていた。医者や弁護士でなくても構わない。今の彼女なら、情熱の他は何も持っていない貧乏学生にでもよろめいてしまうだろう。

そしてまた眼鏡の奥の瞼《まぶた》を伏せた時、沙希はどこからか不自然なうめき声を聞いた。

「……うん……んふぅっ………」

何だろうと思った彼女の瞳が声のした方に動くと、そこにはさっきの駅で乗車してきたのかタンクトップ姿の２人のごつい外国人が、１人の女性を挟んで立っていた。髪が長くて口元にホクロのある、同性の目で見ても美人だと思える和風の淑女が、何故《なぜ》か男物のコートを着て、分厚い胸板の間でくぐもった声を漏らしている。そして明らかに、常人の太《ふと》腿《もも》より太い腕が女性のコートの中をまさぐっている。

(痴漢だわ！……あの人、あの大男に痴漢されてるんだわ！)

そう直感した沙希だったが、彼女の眼は直《す》ぐに怪訝《けげん》に歪《ゆが》み、やがて二重の驚愕《きょうがく》に見開かれた。

(えぇっ……何アレ!?……どういう事？)

何と被害に遭っている女性は、コートの下に衣服を着用しておらず、汗ばんだ白い素肌を開かれた前部からチラチラ覗《のぞ》かせているのだ。下着も何も着けていない全くの全裸だ。イヤ、太腿から下には白いストッキングだか網タイツを穿《は》いているようだ。

(痴漢じゃない……。あの人が自ら望んでされてるんだわ……。ああいうプレイを……楽しんでるのね…………。信じられない…………変態だわ！)

だが沙希は、乱暴に揉《も》みしだかれている女の乳房や、忙《せわ》しなく掻《か》き分けられている下腹部を横目で凝視し続け、ゴクッと生唾《なまつば》を呑《の》み込んでいる。

「オー、シズカ……」

男の口から女の名前らしき発音が漏れている。

(シズカ？　あの女の人の名前かしら……。スゴイ…………あんな揉まれ方………)

羨《うらや》ましい。僅《わず》かながら、愛に渇望したＯＬの胸に、彼女たちを羨む感情が湧き上がった。

しかしそれを自己否定したかったのか、沙希はやおら逆上して、車内で淫《みだ》らな行為に耽《ふけ》る変態どもを罵倒《ばとう》した。

「あなたたち何してるの！　欲求不満なら、ホテルでも草むらでも行けばいいでしょ！　ここは地下鉄の車内よ！」

怒鳴られた3人だけでなく、この車両の乗客全員が沙希に注目した。

当のマッチョマンたちは、いきなり言いがかりを付けてきた日本人の女をからかうような仕草をする。それを沙希は、落ち着き払った低い声でこう言い返した。

「……Get out!」

だから彼女には男が近寄らないのか、マッチョマンたちは異様な殺気に返す言葉もなく、停車した駅のホームに尻尾《しっぽ》を丸めるように降りて行った。女の方は多少恥じらいをみせて、逃げるように顔を隠して下車して行く。

そして電車は、何事も無かったかのようにまた動き出す。

ここで初めて、沙希は自分がさっきの変態女に嫉妬《しっと》していた事を自覚した。

（あ…………。イヤだわ……私のカラダ…………疼《うず》いちゃってる……）

彼女が本当に欲しているのは恋愛などではなく、めくるめく性の悦《よろこ》びなのだ。もう23歳になる大人の女の肉体は、当然ＳＥＸの快感も知っている。それがここ数ヶ月ご無沙汰《ぶさた》になっているのだ。1人の部屋で火照ったカラダを慰めてみても、逞《たくま》しい男の性を打ち込まれる悦楽は得られない。

(私……さっきの人たちに嫉妬してただけなんだわ………)

己の性を思い知り、寂しい女の胸の内を、よりいっそうブルーな気分が被《おお》い尽くす。

(でも……あんな筋肉モリモリの身体してる男って……アソコも凄《すご》いのかしら……?)

そんな妄想をしていた時だ、赤いスーツの背中にゾクッと悪寒が走ったのは。

「…………っ⁉」

ミニタイトスカートのヒップに、何者かの手の平の温もりを感じる。偶然触れているのではない。誰かが意図的に自分の臀部《でんぶ》にタッチしているのだと、沙希は悟った。

5本の指を持った温もりは、大胆にもスカートの裾《すそ》をめくり、ショーツの丸みを直にさすってくる。大人の下半身はパンストではなく、SEXYなガーターストッキングを愛用していた。

(ち、痴漢だわ!……私のカラダを……誰かが触ってきてるんだわ!)

さっきの今で自分が痴漢被害に遭うなんて。芝居じみた展開に狼狽《ろうばい》する沙希だが、悲しい事に彼女の肉体は、その憎むべき犯罪行為に嬉々として反応してしまっている。

(ああっ……上手ッ………。ううん、ダメよ……こんなのに感じるなんて!)

微妙に緩急をつけながら、張りつめた肉の感触を確かめるように、痴漢の手はOLのヒップを撫《な》で回す。

混雑のために後を見る事も出来ず、沙希は誰だか分からない男の手に抵抗する術《すべ》がなかった。３人の変態に怒鳴った時の彼女とは、全くの別人に変わってしまっている。

男の手はこわばった女体を更に陵辱し、指を太腿の間に滑り込ませて、霧島沙希のプライベートパーツをこじり始めた。

（ああっ……そこはダメェ！）

内股《うちまた》に汗が滲《にじ》んできた。すりすりと擦《こす》り付けられる指が肉裂の上にぴったりと添えられて、小刻みに揺さぶってくる。

くいっと指が曲げられ、女性の一番敏感な部分めがけて絶妙なテンポの振動を与えられる。不覚にも沙希は、既にじっとりとショーツを濡《ぬ》らしてしまっていた。

毎日地下鉄通勤をしているＯＬに痴漢される経験は度々あったが、こんな巧みな愛撫《あいぶ》をされたのは初めてだ。ベッドの上でもこんなフィンガーテクニックを使われた覚えがない。

そして痴漢の手は、下半身のみならず戦慄《わなな》くバストにまで伸びてきた。

「えっ……!?」

自分の乳房をマッサージしてくる痴漢の手を見て、沙希は思わず声を出してしまった。

その行為の大胆さにではない。男だとばかり思っていた痴漢の指先に、ピンクのマニキュアが塗られていたからだ。爪《つめ》が彩色されているだけでなく、確かにそれは繊細な女性の手指である。

（どういう事⁉…………レ、レズの人なの……？……はあぁぁあぁぁん……！）

相手が同性であると知った事により、沙希の中にあった嫌悪感が薄れ、同時に犯罪への抵抗心もすっかり失せてしまった。

（はぁあぁぁん……ソ……ソコッ……！）

女の手は文字通り沙希の乳房を愛撫して、スーツの上から柔らかい半球をくすぐるように、ソフトな刺激を与えてくる。可愛《かわい》がられる双乳は、物欲しそうに乳頭を固く突き出し、それを顔の見えない女に摘《つま》まれてしまう。

（あああぁ……恥ずかしい…………。興奮してるのがバレちゃう……）

もう片方のブレスレットを付けた手が前からデルタをいじってきて、ヴィーナスの柔肉を摘んでぐいぐいこねられる。脂肪の乗った恥丘は、猫の首の皮みたいに伸びて弄《もてあそ》ばれている。

（ふうううっ……そんな事しちゃイヤッ……！）

黒いランジェリーは既にぐっしょりと湿っていた。女の手は濡れたビキニラインの両脇に指を引っ掛け、ショーツの前部をT字にしてぎゅうっと股布を媚肉に食い込まされる。

「っはあぁぁ………」

体が浮き上がる程の力で股間《こかん》を吊《つ》り上げられ、過剰な負荷がワレメに集中して、発情し

てしまっている肉体が悲鳴を上げる。
するとと、ランジェリーを引っ張っていた手がスッと離れ、下腹部までずり上がっている
タイトスカートをめくって、上部から薄布の中に指先を侵入させてきた。
(ううぅん……とうとう入ってきた………。早く……。焦《じ》らしちゃイヤッ………！)
沙希の期待通り、女心を知り尽くした指先が愛液に濡れた森を抜けて、熱くじゅくじゅ
くした底無し沼へと到達する。
(そう！……ソコを滅茶苦茶《めちゃくちゃ》にいじって頂戴《ちょうだい》!!)
理知的なエリートＯＬは瞼を閉じ、満員電車の中で吊革に全体重を預け、肩で息をしな
がら全身に汗をいっぱいかいている。周囲のサラリーマンたちは、彼女が何か発作を起こ
したのでは無いかと、心配げに赤らんだ顔を見ていた。
痴漢の指は太い毛の生えているクレヴァスの脇を這《は》い、中からはみ出した粘膜襞に触れ
る寸前まで最接近している。
(あああああああっ……ソコよっ！　ソコに指を入れてぇッ!!)
美貌《びぼう》の裏の顔がそう叫んでいた。すると背後から、沙希の耳元に妖《あや》しい囁《ささや》き声が聞こえ
た。顔の見えない痴女の声だ。
「キモチイイデスカ……ミス、キリシマ？」
「えっ!?」

外国訛《なま》りの日本語。相手は外国人なのだろうか？　知的な眉《まゆ》が疑念に歪んだ。

そこで、キイイイィッと電車にブレーキがかかり、乗客たちは大きくよろめいて、痴漢の手も獲物の股間から離れた。

幸か不幸か、ここは沙希が下車するはずの駅だ。ドアが開き、かなりの人数がホームへ降りて行く。

（………………お、降りなきゃ）

正気を取り戻したエリートＯＬは、衣服を整えて閉まる寸前のドアをすり抜け、見慣れたホームに降り立った。


「はあ……」

複雑な心境に足取りが乱れ、改札を出た所で沙希は壁にもたれて大きく息を吐いた。気持ちだけではなく、肉体的にも後味の悪さを感じる。

満足できなかったから？　それもそうだが、それ以上に別の不快感が彼女の心を重くさせている。

答えは直ぐに分かった。ショーツだ。見知らぬ手に愛撫され、ラブジュースでねっちょり濡れてしまっている下着が、主人に不快感を与えているのだ。一歩進むごとにナイロンの三角布が内股に絡み付いてきて、何とも言えず恥ずかしい。

（こんなの、穿いてられない……）

羞恥心《しゅうちしん》に耐えきれず、ワインカラーのハイヒールが駅舎のトイレに駆け込んだ。この時、トイレの中には人影が無かった。

個室に入って鍵《かぎ》を掛けると、沙希は慌てるようにスカートをたくし上げ、濡れた黒ショーツを脱ぎ捨てた。たっぷりと恥汁を含んだ薄布は、搾ったら滴が垂れてきそうなまでに重くぐっしょりしている。匂《にお》いも凄い。

「やだ……………」

自分の股ぐらから出てきた目を背けたくなるほど夥《おびただ》しい体液と、きつい牝《めす》の匂い。女のカラダに車内での快感が再燃し、直立していられなくなる。

「はぁあああぁ……もう我慢できない…………」

素肌を剥《む》き出した腰が洋式便器にぺたんと着くと、半分がストッキングに包まれている太腿が左右にガバッと広げられた。無論、沙希が自らの意思でそうしたのだ。

「あぁ……こんなに熱く燃えてる…………」

じゅくじゅくに汁を垂らした雑草地帯の中で、グロテスクにねじれた肉の花びらが淫らに広がって、口をパクパクさせている。沙希は迷わずそこへ２本の指を運び、肉びらを撫でてぐにゅぐにゅこね回した。

「あはあぁぁんっ！」

エリートＯＬの秘肉がクチャクチャ音を立てる。後はもう止まらない。ピチャピチャ……にちゅっ、ぬちゅっ……ニチュッ、ぬちゅっ。肉厚で艶《つや》のあるラビアが震え、指先でぐにぐに押し揉まれ、古ぼけた蛍光灯の光を受けて卑猥《ひわい》に形を変えていく。

「はあっ……はっ、感じるうぅぅ…………っ！」

さっきは押し殺していた甘い声を、ここでは思う存分発せられる。

「イイよぉぉ……すごくイイ…………！」

クリトリスの皮もめくり、ごしごし擦って背筋にゾクゾク悪寒を走らせる。

(でも……誰か人が入ってきたらどうしよう……？　やっぱり声出しちゃダメ！)

だが、今更そう思っても遅い。彼女の劣情は、もう抑えがきかないところまで昂《たか》ぶっていた。

「ハウッ……ふあぁぁんっ……はあぁぁぁ……………っ……」

両手を激しく使って、沙希は甘美な官能の世界へとのめり込んでいく。そこでふと、彼女の胸にある衝動が湧いた。と言うよりも、彼女の本能が自然とソレを欲していた。切ない胸をキュンとさせた、あの甘酸っぱいメスの匂いだ。アレをもっと嗅《か》ぎたくて、沙希は手に持っていた重たいショーツを鼻先にくっつける。

「ああああ……凄い匂い…………これが私のニオイなのね……」

決していい匂いではない。どちらかと言えば、フルーツが腐ったような臭い匂いだ。しかし今の沙希には止められない、麻薬のような発情効果をもたらす魔法の香りだった。

（私の………どんな味がするのかしら……？）

遂《つい》にエリートOLが、自分の汚れたショーツをベロベロ舐《な》め始めた。塩辛くて蛤《はまぐり》の汁のような風味が、じわっと口の中に広がる。

（こんな味が……アソコのおつゆの味なの？　誰でも……こんな味がするのかしら？）

己の恥蜜《ちみつ》を舐めるという倒錯行為に興奮度が倍増し、沙希は片手で肉襞をワイルドにこじり回す。

「……んちゅっ……ふむっ、っはあぁぁぁぁっ……！」

一番汚れのひどい部分を口に含み、チュウチュウ吸ってどんどん意識が昇り詰めていく。

中指と人差し指が揃えられ、肉襞の奥へとインサートされる。

「はあぁあああっ………気持ちイイッ……！」

ヂュブッ！……ヂュブッ！……ぐちゅっ!!　膣《ちつ》に深く挿入した2本指を交互にバタバタさせて、内壁を擦り上げる要領で何度も何度も前後に抜き差しすると、聞くに耐えない下品な音を立てて粘膜が震えた。火傷《やけど》しそうに熱いどろどろが指いっぱいに吹きつけて、そのまま溶けてしまいそうだった。

「すごくイイっ！………オマンコ気持ちいいぃ……！」

ぜえぜえ息を吐く喉《のど》を反らせ、悶《もだ》える肢体が髪の毛が振り乱れると、女の中心の泉がビ

リビリと痺《しび》れ、そこから腰に向かってとてつもない圧力が膨れ上がってきた。

「あぁぁ……イキそう………。オオオォ……イッちゃうぅうぅ……」

爪先を立て、腿肉をピクピクさせて、沙希はエクスタシーに向かって全力で指をピストンさせた。

「あっ……アハァアアアァアァアアァ…………」

膣肉がくわえた指を食いちぎりそうな力で締まり、沙希は腰を揺すってその時を迎える。

「あぁぁっ…………！　アアァ……イクッ………イクイクイクゥウウッ…………」

薄れゆく意識の中で、沙希は天を仰いで絶叫した。

ところが、そこで彼女の瞳は衝撃的異変を発見し、耳で扉の向こうに誰かがいる気配を聴き取った。

「キャアアアッ!!」

それを見た沙希は、思わず引き攣《つ》った悲鳴を発していた。先刻地下鉄の中で痴漢プレイをしていたマッチョマンが個室の扉の上から顔を出し、ニカッと笑って彼女の自慰を覗いているのだ。

「Yahoo!」

やはり彼女のアノ声は、トイレの外まで丸聞こえだったのだ。それにしてもコイツはもっと前の駅で降りたはずなのに、何故ここにいるのか。しかし覗かれていた本人には、そんな疑問などどうでも良かった。

（い、いつから見られてたのかしら……？　考えてみれば……だいぶ前から人の気配があったような……）

この破廉恥な行為が全て見られていたのかと思うと、顔から火が出そうなまでに恥ずかしい。偉そうに痴漢行為を咎《とが》めた女が、公衆便所でオナニーに耽っていたなんて。しかも、自分の汚れたショーツを咥《くわ》えて。ド変態丸出しだ。

すると驚いた事に、男が扉を乗り越えて、個室の中に入ってこようとしているではないか。凍り付いていたＯＬの顔が、途端に焦り出した。

（イヤッ！……私をレイプする気なんだわ！）

逃げなければ！　当然沙希は考えた。

筋肉男は扉の縁に身体を乗り上げている。今なら一瞬の隙《すき》をついて、外へ出られるかもしれない。沙希はすぐさま立ち上がってバッグを掴《つか》み、下半身は露出させたままロックを外し、一気にドアの外へ飛び出そうとした。しかし、確か奴らは2人組だったはず。

案の定、ドアの外にはもう1人のマッチョマンが立ちはだかっていた。目の前に筋肉の壁があるなどの考えていなかった沙希は、ケツもマン毛もモロ出しのまま、自らレイプ魔にしがみついていった。

「キャアッ！」

「Hi Lady!　I'll be back!　ネ」

太い腕に抱えられて個室に押し戻された沙希は、同時に着地した相方に挟まれ、絶体絶命のピンチに陥った。

「いやっ！　いやあぁぁっ‼」

抵抗する余裕などなく、スーツのボタンは外され、ブラもずらされて生乳房がグローブのような手に悪戯《いたずら》されていた。

「乱暴しないでッ！……はひぃいいいぃ…………」

女の秘密も後の男に好き放題にいじられ、節くれだった指が恥襞を摘み、無遠慮に肉裂を掻き回している。

「こんなのイヤァッ……！」

確かに沙希は男に飢えていた。男の性をぶち込んで貰《もら》いたくてたまらなかった。しかし、それはこんな場所でこんな男たちにして欲しかったのではない。故に、彼女の心は強固な嫌悪を示した。

それでもワイルドな愛撫に乳首はしこり、コチコチに勃起《ぼっき》して、マッチョたちを却って焚《た》き付けてしまっている。

「違う！　これは違うのッ！……感じてなんかいない！……あはぁあぁあぁあぁ……」

揉まれるごとに女の肉体が悶え汗ばみ、悦びのツユを足首まで垂れ流してくねくね腰を振っている。
「イヤァアアァアアアァアァアアアァ………イヤなのぉお………はぁあああぁあ
あぁあぁあぁあ…………」
数ヶ月振りの異性からの荒々しい愛撫。夢にうなされるほど熱望していた肉の悦びに、
薄れゆく彼女の思考は自己欺瞞《ぎまん》によって、エリートＯＬのプライドを保とうとしていた。
（私は………乱暴な男たちに、無理矢理淫らな行為を強要されてるのよ！……こんな大
男２人に押さえ付けられて、抵抗なんてできる訳ないわ！……あぁぁ……早く……強姦《ごうかん》す
るならさっさとして頂戴!!）
男たちの指は震える乳首を弄び、女の恥肉に侵入してザラザラした内襞を撫で擦る。
（ううっ………私……誰だか分からない男に……アソコに指を入れられてるのね！）
背中をしならせてよがる肢体は、太い２本指をぐいぐい締め付け、周囲に男を誘惑する
臭気を撒《ま》き散らした。
「Hey?」
そこで、胸を揉んでいた男がトイレの壁を差した。沙希に向かって、壁に手をつけと言
っているようだ。
（あぁ……後からされるのね………。仕方が無いわ……。逆らえないもの………）
指示された通りに、沙希は両手を壁につけ、男たちにレイプされ易《やす》いようにクイッとヒ

ップを突き出した。

すると、何やら男たちが口論を始めた。どっちが先にやるか順番を争っているのだ。

まくし立てるスラングを聞きながら、沙希はもじもじと尻を揺すって、じれったい気持ちで本音を漏らした。

「早くぅぅぅ……ああんっ、ちゃんと2人共に犯されてあげるから……早く凄いペニス入れて頂戴………！」

笑って艶めく双臀を抱えたのはどちらの男だっただろう。そんな事もう、彼女にはどうでもいい事だった。イカせてくれるなら、誰だっていいんだ。

固くて熱い先端が、腹を空かせた肉壺《にくつぼ》の入口に触れた。その感触で、沙希は大いなる期待を持った。

(大きそうだわ……！　こんなの初めて……)

黒光りする凶悪な亀頭が照準を微調整してから、一気にふしだらな肉襞の奥まで突き入った。

ズブッと、股間にＩＣＢＭ弾でも撃ち込まれたような強烈な圧力が貫き通る。

「かはあぁぁんっ!!」

忘れていた幸せが肉体を駆け巡り、エリートＯＬは一瞬にして牝犬に変身する。

「ぐはぁあああぁっ……スゴオォイ！　外人さんの……素敵ぃッ!!　大きい！……太ぉお

いッ……アアアアアッ!!」

こんな腕みたいに巨大な男根、沙希のヴァギナが受け入れるのは初めてである。そいつがこれまた日本製とは比較にならないパワフルさで、ズッコンズッコン往復運動しているのだ。ＳＥＸライフ最高の快感をレイプで知るなんて、理知的な脳裏の中に性犯罪を肯定する考えすら浮かんでいた。

「イイッ！……イイッ！…………もっと犯して！……私の全てをレイプしてぇッ!!」

鋭い雁《かり》に膣壁を引っ掻かれるリズムに合わせ、汗と淫液《いんえき》に濡れた生腰が卑猥に乱舞している。

「太いの好きッ！…………デカチン大好きぃッ!!」

裂けそうに広がりきっている陰肉が、負けじと岩のような肉幹に絡み付き、ぎゅうぎゅう食い締めて男をいとおしむ。

歓喜したマッチョマンは更にピストンを速め、バンバン腰と腰をぶつけて女体をくねらせる。それを沙希は、あたかもブルドーザーか何かの重機とファックしているように感じた。このままでは1回では許してくれそうにない。しかも相手は2人だ。一体何回犯されるのだろう？　そう考えると女のカラダが燃え盛り、鳥肌が立ってしまう。

「はあぁぁあああぁあぁああぁあっ……オマンコ壊れちゃううぅうぅ……！」

悶え狂う口元から涎《よだれ》を垂らし、23歳のオンナが性の悦びにその身をとろけさせている。

「あくぅうぅぅっ……ハウウゥッ……あああぁ……もうちょっとでイキそう……！」

会社でのストレスも何もかも忘れた幸福なオンナの顔が、エクスタシーの予感に嬉《うれ》しい悲鳴を上げている。

「ああん……イク……イクイク……イク……あ……あああああぁ……」

滅茶苦茶に腰を振って、牝犬が最期の遠吠《とおぼ》えを発する。

ところが、その絶叫を小さなノック音がストップさせた。

コンコン。沙希と2人のマッチョマンだけのめくるめく世界のドアを、無粋にも誰かが開けようとしている。

「ちょっと、大丈夫ですか？」

この駅の職員が、個室から響いてくる女の声を聞いて様子を見にきたのだ。その声にエリートOLの意識は、ハタと現実に帰ってきた。

慌てたマッチョマンは肉棒を引き抜き、オロオロと狭い個室でうろたえている。

（……何よ、もうちょっとだったのに！）

見つかってしまってはやむを得ない。沙希は乱れた衣服を整えると、扉を開けて上ずった声を出した。

「な、何でもありません。……大丈夫ですから」

「本当にいいんですか？」

男の駅員は、明らかに疑っている顔で妙に頬《ほお》を赤らめた女をジロジロ観察している。まさかトイレの中でＳＥＸしていたと見透かされないにしても、オナニーしていたぐらいには思われているだろう。一刻も早く逃げ出したい羞恥に耐え、沙希は懸命に平静を装った。

やがて駅員は立ち去り、安心した彼女も、マッチョマンたちを置き去りにして駆け出していた。いくらなんでも、自分から再度レイプを願い出る事はできない。

一度冷めてしまった女心が、己の欲深さを呪《のろ》ってそうさせたのだろう。

※　　※　　※

何だかモヤモヤした気分のまま、沙希は自宅マンションの方向に向かって歩いていた。彼女の住居は、この先の白い高級マンションだ。

コツコツとヒールを鳴らして人気の無い公園の中を横切りながら、沙希は地下鉄内での痴女の事を思い返していた。

外国訛りの日本語。それに彼女の乳房を陵辱した手も、東洋人とは違う皮膚の色をしていた。それに、相手は沙希の名前を知っているようだった。

（あのマニキュア……。あの声……。…………まさかね）

実は沙希には犯人の心当たりがあった。同じマンションに住むハーフ女性、サラの事だ。

でもサラがあんな事をするはずがない。だってサラと沙希は親友同士なのだから。

（人違いよ、絶対…………）

沙希は彼女の性生活までは知らないが、薄々かなりハードなＳＥＸを楽しんでいるように感じていた。ひょっとしたら…………？　もしかしたら悪戯で？　様々な憶測が明晰《めいせき》な頭脳に湧いては打ち消される。

（やめよう……。忘れた方がいい…………）

トイレでのレイプも同じ事だ。短時間の内に痴女１人、レイプ魔２人に遭遇するなんて三文小説じみたバカバカしい話、自分の欲求が生み出した夢だったのだと、家路を急ぐＯＬは心の中に言い聞かせた。

しかし、バカげた猥談はまだ終わっていなかった。

「お嬢さん、私とＳＥＸしませんか？」

「へっ⁉」

ビクッと飛び上がった肩の前方には、街灯に照らされた１人の男が立って不敵な笑みを浮かべていた。ブルーかグリーン系の作務衣を着て、足袋に雪駄《せった》という和装に痩身《そうしん》を包み、キツネ目につる無しの眼鏡かけた男だ。年齢は20代だろうか、沙希よりは年長に見える。昔の流行語で言う、しょうゆ顔をした端正な目鼻立ちだ。微かな風に乗って、ほんのりお茶の香りがした。

きょとんとしている沙希を見て、男は更に付け加えた。

「トイレでしてた事、見てましたよ。最後までイッてないんでしょう？　満足させてあげますよ」

「あ………………」

あの痴態を見られてただなんて、恥ずかしいと言うよりショックだった。そして沙希は、見知らぬ男の誘いに対し、返答できずに立ち竦《すく》んでいる。

（ＳＥＸしようだなんて急に言われて………どうすればいいの……？）

23歳のエリートＯＬは迷っていた。迷っているという事は、男の誘いに乗る気があるという事だ。

（もしかして、ここで私を抱くつもりなのかしら？　その辺の植込みの陰で犬みたいにＳＥＸするの？………この人の、どんな形かしら？）

あれこれ考えているうちに、沙希は自分がどんどん恥知らずな女になってきているのに気付いた。

（……イヤだ。私ったら、何期待してるの!?　こんな誘いになんて乗る訳ないでしょ！）

いくら淫らな姿を見られているからと言って、見ず知らずの男のいいなりにはなれない。ストリッパーだって、そう易々と客にカラダを売ったりはしないだろう。

「私はそんなに安い女じゃないわ！」

立ちはだかる男をよけて、沙希はツカツカと歩みを進めた。

すると突然、すれ違いざまに男が飛びかかってきて、沙希はアスファルトに押し倒されてしまった。

「ふざけるな、この阿女ッ！　デカマラ突っ込まれてひぃひぃよがってやがったクセに！」

「うっ、ああっ……やめてぇっ！」

男の力がビリビリッと着衣を引き裂く。スーツのボタンが弾《はじ》け飛び、アンダーシャツもむしり取られる。

「そら、こんなにマンコがぐちょぐちょじゃないか」

スカートがめくられ、ノーパンの下半身が晒《さら》し出される。そして具のたっぷり詰まった黒ブラジャーがグニグニ揉まれると、沙希の五体から抵抗力がスーッと消えていく。

「ううぅっ……うあああぁ………っ」

「ハハハハッ、凄い反応じゃないか。……分かったよ、自分はSEX好きの淫乱じゃないって思いたいんだな？　だったらムリヤリ犯してやるよ」

勝ち誇ったような口調で、男はエレクトした男根を抜き出して、沙希の口元に突き付けた。

「俺はお前にムリヤリ尺八をさせる。ほら、ムリヤリなんだからしゃぶれよ！」

「イ……イヤッ！」

涙に濡れた顔が左右に振られる。

「なら先にマンコを犯してやるか？」

「イヤッ！……やめてぇえぇッ‼」

コイツなら、さっきのマッチョマンほど馬鹿力ではないだろう。そう思って必死に四肢を暴れさせる沙希だが、やはり男の力には敵わない。

「ううっ……わかりました………。おしゃぶりしますから……乱暴は止めて………！」

自らフェラチオする事を選択した沙希は、のっそり身を起こし、男の脈動を両手で捧げ持った。

（仕方がないのよ……。レイプされるより、フェラチオした方がマシだわ）

ルージュの剥《は》げかけた唇が、震えながらご主人様の粘膜に軽く接吻《せっぷん》すると、ヌルッと伸びてきた舌先が、尿道の膨らみをチロチロ舐め始める。

（熱いわ……。この人の、独特の臭いがする………）

舌先が螺旋《らせん》を描いて雁首を舐め掻いてやると、指に触れるごつごつとした幹の感触がぐんぐん硬度を増していくのが分かった。やがて肉幹が自分の唾液《だえき》でヌルヌルになると、大きな口がバックリ広がって亀頭を丸ごと含み込み、根元まで咽頭内《いんとうない》に迎え入れていく。

「んっ……んふうぅっ………」

「いかがですか、私のモノの味は？」

男が得意げに問い掛けてきたが、沙希はそれに答えなかった。

「んむっ、んちゅっ………」

一日肉棒を吐き出した唇が今度は縦方向に動いて、亀頭から根元までを撫でながらすすっていく。ジュプチュプ、チュピズズッと、下品な口付けの音が公園の木々に染み込んでいく。

伸ばした首を懸命に動かし、上下左右に口を使って、沙希は熱心にリップサービスを続けている。それはどう見ても無理矢理させられているフェラチオではなかった。愛しい男の肉棒を全身で慈しんでいる情熱的なオーラルプレイだと、誰の目にも映るだろう。

(あぁ………口から、男の人の鼓動が伝わってくる……。血管が浮いてるのが、分かる……。ああっ、このペニスもう……汁出してる……！　スゴイ……)

沙希にとっては男根を握るのも久し振りならば、当然口淫だってご無沙汰だった。オンナの体内に甦《よみがえ》ってくる男性器の思い出。隆々と怒張したオトコそのものの迫力には、いつも惚《ほ》れ惚れさせられていたものだ。

(ううぅん……ステキ………)

咽頭奉仕を続けるエリートOLのオンナの中に小さな火が点《とも》り、急激に淫らな炎となってメラメラ燃え盛り出した。

(ああん……ペニス好きっ！　チンポしゃぶるの大好きぃッ！)

もう男の事などどうでもよかった。沙希はただ、口の中の肉棒が愛しくてたまらなくなっている。

先端部を手でしごきながら袋を口の中で可愛がり、舌先で裏スジをなぞって尿道口をつつく。すると根元にこっそり生えている陰毛が顔を擦ってきて、妙に嬉しくなってしまう。太幹を横咥えにして甘噛《あまが》みしてやると、先端がビクッと跳ね上がるのにもそそられる。

「あぅん……ンぐっ…………」

そして反り返りをしっかり固定して、真っ直ぐ喉の奥までディープスロート奉仕をしてやる。更に強烈なバキュームサックも加えて、沙希は夢中でフェラチオに酔い痴《し》れた。

ブブッ……ズブッ……ブパッ……ジュブッ……ブプッ……ブズズッ……！ 過去にこんな激しいオーラルテクニックなんか知らなかったのに、沙希は気持ちの昂揚《こうよう》のあまりハードな口技を使っていた。

（ん………口の中で……チンポが苦しそうに蠢《うごめ》いてる……。玉も縮まってきたわ。そろそろ射精するのね……！）

彼女のイメージの中で、猛《たけ》り狂った男根が限界まで膨張し、マグマが噴出するように大量のスペルマが一気に飛び散る。

（あぁぁ……熱いザーメンがビュビュッて飛び出るの……素敵！ ザーメン好きっ！……いっぱいザーメン欲しい!!）

ところが、その期待に反して不意にペニスが勝手に引き抜かれ、沙希の唇からズルッと唾液が流出した。

「あう………」

「まだ、おあずけです」

焦らしているつもりなのか、冷ややかな声が沙希に言った。

「今度は貴女を感じさせてあげますから、そこに仰向けになってください」

彼は新たな命令を下したが、その顔色には若干焦りが浮かんでいるようにも見えた。

「はあぁぁ……お願い、早くうぅぅ………」

フェラチオが中止させられたのは口惜しいが、イカせて貰えるなら異存はない。恥を棄てたエリートＯＬは、即座に寝そべって自らオトコを求めた。その姿はまさに、盛りのついた牝犬である。

「あうっ……クふぅうん………オッパイいいっ！」

再びブラジャーが揉み込まれると、プルンと生乳房がまろび出て、甘えた猫なで声を漏らしながら、その先端部はグンと背伸びをする。

男は乳房をこねつつ、グイッと濡れた太腿を開かせる。するとソコには、目も当てられない程に乱れきった肉の花園が、ネロネロのグチョングチョンに悶えねじれていた。

「淫乱にも程があるぞ。このエロきち○いめ！」

2本の指がツヤツヤに光沢を放ってビンビンに勃起しているミニペニスを摘み、シュッシュッとセンズリを施す。

「はああっ、イイッ……！　クリちゃん擦られるの、最高！」

釣り上げられた活き魚みたいに、沙希の腰はピチピチ跳ね躍る。

「ああっ……オマンコぐちゅぐちゅなのォ……。早く……早くチンポ突っ込んでぇッ！　沙希を犯してぇえええぇえぇッ‼」

こってりとクンニリングスを受け、肉びらも突起も舐め尽くされた牝犬は、交尾を切望してよがり鳴いている。

「オマンコしてッ！……オマンコしてッ！……オマンコしてッ！」

同じ言葉を繰り返すだけになってしまったSEXジャンキーに、ようやく男はその足首を掴み、V字に広がった股間目掛けて己の腰を重ねていく。

「はあおおぉぉぉっ‼」

性器と性器が接触し、ズブッと音を立てて深く結合がなされた。

ずぶッ、ずぶッ、ずぶッ、ずぶッ、ずぶッ……と、荒々しい力の象徴が激しい熱気をふりまきながら、女の肉園を打ち壊すように激しくピストンを送り込む。

「ああぁっ、あああぁぁぁっ……！」

見ず知らずの男に、夜の公園の片隅で犯されてる自分の姿を想像して、沙希は心を震わせ、その浅ましさに噎《むせ》び泣いた。

「はああぁあぁあぁあっ……………イイッ……イイッ……！　チンポ好きぃ!!」

土の上でレイプされているというゾクゾク感から、23歳の大人の女はかつてない性感の昂ぶりにのたうち、自分をよがらせてくれているオトコを渾身《こんしん》の力で圧迫した。

「もっと奥の方………子宮の中を掻き回してぇッ!!」

ケダモノの叫び声が、夜の街にこだましている。そして男が肉棒を抽送する動作より、女が腰をグラインドさせている上下運動の方が、遥かに淫らで激しかった。

「もっとよ！……オマンコ壊れてもいいから、もっと滅茶苦茶にしてぇぇえっ!!」

擦れ合う粘膜と粘膜。レイプされるのがこんなに素晴らしいなんて。初めて知った悦楽に、エリートＯＬはブリッジまでしてボディを波打たせた。

その時だった。快感絶好調でピクピク脹脛《ふくらはぎ》を痙攣《けいれん》させていた沙希が、下腹部に不思議な熱いぬめりを感じたのは。それと同時に、男はガクッと地面に手をつき、ハァハァ呼吸を荒げていた。

「え………？」

手で触って確認してみると、彼女の下腹部に浴びせられたのは熱くネバネバした白濁の汚液だった。

「これ……ザーメンじゃない……。ちょっと！　どういう事よコレ！　私まだまだこれか

らなのよ！」

待ち望んでいた絶頂。めくるめくエクスタシー。肉の泉の奥での熱い精のほとばしり。その全てが脆《もろ》くも裏切られ、ガラガラと音を立てて崩落していく。

「もうおしまいです」

「人をレイプしといて先にイッちゃうなんて、冗談じゃないわよ！」

男の胸倉を掴み、沙希は子供のように泣き喚《わめ》く。

「満足させてくれるって言ったじゃない！　約束守ってよぉ！」

すると男は、うっとうしそうに沙希を突き放して立ち上がる。

「イケなかったのは貴女の勝手ですよ。運が悪かったんだと思って、諦めてください」

「ひどいいいぃい、あんまりよおぉぉ！　この…………この早漏ヤロォー!!」

悲痛な訴えを無視し、男はお茶の香りだけを残してそそくさと逃げるように去って行った。

「はあああっ……はあぁぁぁぁ…………」

いくら叫んだところで、中途半端に昂まった肉の疼きは消えてはくれない。

思わず指に付いたスペルマを舐めしゃぶり、下腹部に残された男の痕跡《こんせき》をすくって舐め尽そうかとさえ思ってしまった。しかし、それは流石《さすが》に惨め過ぎて出来なかった。

空《むな》しく冷たい星空を見つめ、会社帰りのＯＬは、ボロボロにされたまま悔し涙をポロポ口こぼした。

※　　※　　※

「あーあ」

午後8時前。自宅マンションの自動ドアをくぐって、沙希は大きく溜め息を吐いた。

地下鉄車内で痴女にカラダを嬲《なぶ》られ、マッチョマンとお茶の匂いのする男に連続レイプされるという稀有《けう》な体験をしたにも拘らず、一度もエクスタシーを味わえなかったのだ。

蛇の生殺しとはこの事だ。

いっその事大人のオモチャでも買いに行こうかと思ってしまったが、そこまでする気にもなれない。

(早く部屋に帰って、お風呂に入ろう)

他に傷だらけの心を癒《いや》す術はないと悟った沙希は、エレベーターの昇りボタンを押そうと右手を伸ばす。

ところが、エレベーターはたった今上に向かって出発したばかりで、1階に戻って来るまでは数分の時間を要した。

「もう……何から何までついてない日ね!」

エレベーターはこれ1基しかないのだ。沙希は待っているのももどかしく思い、さっさと非常階段に足を向けて歩き出した。

今夜はヤケ食いでもしてやろうかと考えつつ、汚れたハイヒールが夜空の見える階段をカツカツ昇って行く。

2階、3階と昇って行くにつれて、風の冷たさが肌を刺し、ノーパンの濡れた陰部をくすぐってくる。

しかし、そこで沙希は信じられない光景に遭遇してしまった。

(…………え?…………ちょっと、何アレ!?…………ウソでしょう!)

1歩1歩昇ってきた階段の先の踊り場に、2つの人影が見て取れたのだ。若い男と女、カップルのようだ。男は黒っぽいロングコートを着て、女はオレンジの髪をした女子大生風だった。2人は身体を重ね合っていて、最初は何をしているのか分からなかったが、その答えを彼らの発する声が教えてくれた。

「うんっ……あぁぁあぁぁん…………。タカユキ……そこいじってぇ……」

沙希は思わず息を殺して壁の陰に身を潜め、2人の行為を観察していた。

(やっぱり……あの2人、SEXしてるんだわ。こんな所でするなんて信じられない!)

ついさっきの自分を忘れて、理知的なOLは若者たちの乱れた性に憤りを感じている。

女は黄色いショーツ1枚の裸で、そのショーツをずらされて男に女陰をこじられ、しとどにラブジュースを滴らしている。あまり大きくない乳房の先端はキンキンに突き立ち、ツヤツヤに光って汁に濡れている。

「……タカユキのペニス……私のオマンコに入れて」

清楚《せいそ》に見受けられる彼女の口から出てきた卑語に、沙希は息を呑んで興奮した。そして女の求めに応《こた》えて、男はジッパーを下げて女を泣かせる武器を取り出す。

（ああっ………あんなになってる……！）

沙希の視覚を直撃したのは、猛々《たけだけ》しくそそり立った、野性の男性自身だった。バナナのように反り上がって幹に青筋をバリバリ浮かせ、発達した雁の先端から透明な粘液をじゅくじゅく滲ませている。沙希好みの野太くゴツゴツした逸物《いちもつ》だ。

それがネチョネチョに濡れまくった肉襞に当てがわれると、クレヴァスの中にズブズブ減《め》り込んでいく。

（あああぁ……入っていってる！…………スゴイ！　あんなに膣が広がって……あんなに太いペニスがどんどん入っちゃう！　ケ、ケダモノッ！）

男性器と女性器がぐっちょりハマり合い、男は巧みに肉棒を抜き差しし、女はそれを悦んで受け入れ、自ら腰を振ってよがっている。

男女の愛の営みがこれ程までに猥褻《わいせつ》な行為だとは。客観視してみて、沙希は初めて思い知らされた。

ビチョビチョぐちゅぐちゅ……2人の腰が動くと、粘液のもつれる音が周囲に響く。だが、その淫らな音の発生源は1つではなかった。腰と腰とをぶつけあって燃えているカップルの結合部分以外に、それを羨望《せんぼう》の眼差しで覗き見している赤いスーツの女の股間からも、同様の恥音が発せられている。そう、沙希は目の前のカップルの情熱に欲情して、無意識の内に下半身に指を伸ばし、本人も知らぬままオナニーしてしまっていたのだ。

奇妙な快感で己の行為に気付かされたものの、始まってしまったセルフSEXは止められない。それどころか逆に、この場で満足のいくオナニーをしてしまおうと、沙希は上着をはだけてバストまで露出させた。

「もう我慢出来ない……。こんなSEX見せられて……おかしくなっちゃうぅぅぅぅ……」

何度も何度も濡らされて、一度も満足出来ていない23歳の肉襞。赤く充血して固まった愛液が白くこびり付いている。それがまた新たに湧いた愛液にぬめっていく。

「うあっ、あっ……くはあぁぁぁんっ……」

爪の先端が軽く触れただけで、性器全体が戦慄いた。たまらず指を押し付けて何度もさすり上げると、ぬるぬるした感触が内腿いっぱいに広がっていく。

「あぁぁっ、はあぁぁん………」

胸部でふるふると揺れている肉の頂きに5本の指を食い込ませ、こねるように揉み込んで先っちょのグミを転がす。

頭上の女の歓喜の声を聴き、沙希は彼女の裸身に己を重ね、逞しい男根に貫かれる自分の姿を思い描く。蜜に濡れた右手の中指と薬指を揃え、ひもじくて泣いている下の口に与えてやり、激しく出し入れさせた。

「私の中……こんなに熱くなってる………」

２本では物足りず、人差し指を加えた３本をヴァギナにピストンしながら、沙希は壁で背中を支えて五体をくねらせる。熱壺の中で指を曲げたり広げたりして、粘膜が傷付くぐらいの乱暴な自慰がＳＥＸに飢えた女をよがらせまくっている。

（イケる……。今度こそ天国にイケるわッ!!）

発熱した肢体は血液が煮え滾《たぎ》り、毛穴という毛穴が広がって、身体の奥から何かが駆け上ってくる感じがする。それは間違いなく、エクスタシーの前兆だ。

「あっ、あっ……イクッ………イクイクッ……はあっ、はあああん…………イッチャ……ああぁああぁあぁあああぁああああぁああん!!!」

大津波の直撃を受けたような快感に打ちひしがれ、沙希は本当のエクスタシーに昇天した。何度もおあずけされた、数ヶ月振りの官能だ。

そして、赤熱した鋼鉄を冷水に浸したように、スーッと身体の熱が引いていく。

「フゥ………はああ…………」

幸せだった。女に生まれてよかったと、夢見心地の思考が最高の悦びを噛み締めている。

ずっとこのままでいたい……。充実した女体がそう感じていた。

(でも……何か違う………。私が欲しかったのは、コレじゃないような気が……)

確かに気持ちよかった。彼女の性生活の中でも最高レベルの快絶だった。だが沙希が本当に求めていたものはコレではなかった。それは快感度の問題ではなく、種類の問題らしい。今夜のフランス料理は大満足だったが、本当は中華が食べたかった。そういう意味だ。

(あ………。私、こんな所でいつまでもぐったりしてられない)

沙希がそう気付いたのは、オナニーを終えてから数分後の事だった。

ハッとしてカップルがSEXしていた踊り場を見ると、既に2人の姿は消えている。

(私、見つからなかったかしら……? 大きな声出してたみたいだったけど………)

乱れきってシワシワの衣服をおざなりに整えて立ち上がると、ゆっくり階段を進んでケダモノがつがっていた現場に踏み入る。

「………!」

そこには、彼らの交尾の痕跡が生々しく残されていた。夥しい体液、朝になっても消えないであろうオスとメスの臭気。そして、快楽だけのSEXに使われた避妊具。そのピンクの極薄ゴムサックを目にした時、沙希のハートが再びザワめいた。

「コンドームだわ……こんな所に捨てて行くなんて」

すると沙希は、いとも自然に他人の使用済みコンドームを摘み上げ、内容物を確認するかのように重たく垂れ下がった精液溜まりを触ってみる。

「……まだ熱い」

ゴムサックの表面には女の愛液がねっとり絡み付き、内側には栗の花の異臭を放つ粘液が大量に注がれている。そのニオイを嗅いだ瞬間、沙希の心がゾクッと震えた。

公園で見知らぬ男に射精され、そのスペルマを舐めようとして思い留まった時と同じ衝動が、またもエリートＯＬのプライドを激しく揺さぶってきた。同時に、彼女自身の意識が明白に自覚した、自分はコレが欲しかったのだと。喉の奥で、膣の中で爆発する情熱のほとばしり。たまらないニオイと灼熱《しゃくねつ》のエネルギー。遠い昔に浴びたミルクシャワーの記憶を甦らせ、肉体が求めていたのだと、沙希はようやく気が付いた。

己の本心に気付いた途端、へなへなと腰が砕けてしゃがみ込み、またオナニーがしたくて血が騒ぎ始めた。

「ううぅ……さっきイッたばっかりなのに………」

欲しい！　飲みたい！　浴びたい！　かけて貰いたい！……顔面に！　乳房に！　お腹に！　お尻に！　子宮の奥に！　直腸の中にも！

くらくらする脳裏に、幻覚のようにエレクトした男根が現れ、激しく精液を発射するシーンが連続して反復される。そしてとうとう、沙希はその誘惑に負けてしまった。イヤ、耐える事を放棄してしまっていた。

「ああっ……んグッ……あうっ…………」

重そうに垂れたゴム袋を口に含むと、舌でベロベロ舐める事で満足しようと思ったが、それでは愛液とゴムの味しかしない。そこで沙希は長い袋を逆さまにして、待ち望んでいたモノを口の中へ垂れ流した。

「ああん……んっ……ぐむっ…………」

まだ温もりのある白い粘液を舌で受け止め、よく味わって顔中に垂らしまくった。

「あああぁぁ……男の人のザーメン！……ザーメェエエン！」

喉に絡んでくる粘り気に興奮しながら、牝犬がまたオマンコをいじり出し、淫汁を顔に塗りたくり悶え狂っている。

「美味《おい》しい……！　ザーメン美味しい！……ザーメン大好き！」

スペルマを顔に塗るだけでは飽き足らず、裏返したコンドームをしゃぶってチュウチュウ吸いまくり、それを指に被せてぐちょぐちょフィンガーファックしまくった。

(犯されたい……！　逞しいペニスに……滅茶苦茶にレイプされたい！　妊娠したって構わないから……私のオマンコの中で……ザーメンいっぱい発射して欲しい！)

倒錯した意識の中で、エリートＯＬは道行く男たちの前で全裸になり、濡れ濡れの性器を見せつけて叫ぶ。

「チンポ欲しいの……いっぱい、いっぱい欲しいのぉ！」

男たちは知的美女のおねだりに応え、剛直を剥き出して群がってくる。

黒、紫、ピンク、様々な色の亀頭が口元に突き付けられ、沙希はその全てにむしゃぶりつく。

「ううん、凄いニオイ……。恥垢《ちこう》の臭い大好きよ！」

どの肉棒も鋼鉄のようにカチンカチンで、雁が高く、陰毛をごっそり茂らせ、バナナみたいに反り返っている。

透明な涙を流してビクンビクン跳ねているシャフトを両手に掴むと、淫乱女は2本一遍に口に頬張った。

「んんんっ……おっきい！……しょっぱくて美味しいわ！」

腕のように太い肉棒2本をいとも簡単にディープスロートした口は、きつく幹を締め付けて上下におしゃぶりを決める。

「ンッ……ウンッ……ンッ……ンンッ……」

2本の怒張はハードフェラにたちまちギブアップし、腰を震わせて女の咽頭目掛け、勢いよく絶頂液をほとばしらせる。それを沙希は咽頭に受け入れ、喉を鳴らして嚥下《えんか》した。

「……んぐ……くはぁ……。あぁ……凄い量……。ゼリーみたいに濃い……」

すると、男たちは一斉に白い肌に飛びかかり、次々と欲望をぶち込んできて、淫乱女をよがらせる。

「ああん……ああん……そんなに一遍に……！　アハッ……………うぅん……入れてっ！全部の穴を犯してぇぇぇぇッ!!」

　オマンコに、アナルに、口の中に、狂暴なペニスが代わる代わるインサートされ、激しくピストンして欲望の粘液をたっぷりと放っていく。両手にも、バストの谷間にも、沙希の全身はくまなくレイプされ、身体の中も外も、灼熱の精液でドロドロに汚れていった。

「ははは、スゴイですね」

　沙希をレイプしている男たちの１人が言った。

（…………………？）

　その男の声が、沙希には妙にリアルに聴き取れた。ただの空想上の集団レイプのはずなのに、その中の１人が沙希に向かって話し掛けてきたのだ。

「貴女みたいに綺麗《きれい》な女性が、僕の出した精液でそんなにも悦んで下さるなんて……実に光栄ですよ？」

「あ…………！」

　目を開いた沙希の前に、このコンドームを残していったコート姿の男が立っているではないか。すると、さっき聞こえたのはコイツの声だったようだ。彼の使用済みコンドームをしゃぶってオナっていた沙希の痴態は、その張本人にすっかり目撃されていたのだ。

「あぁぁ…………………」

絶句した沙希は、石のように固まって動けなくなっている。これは恥ずかしいとか呼べる次元の感情ではない。人前で脱糞《だっぷん》するより恥ずかしいシーンを見られたのだ、もう生きていられない。沙希はそう思っていた。

男は笑っている。そして沙希に歩み寄り、震える肩にすっと手を添えてきた。

「取り引きをしませんか？」

その言葉だけで、沙希は観念した。自ら裸身を差し出して、何も見なかった事にして貰う他に生きる術はないのだと、そう考えた。

無言のまま、怯《おび》える肢体がコンクリート床に横たわり、立てた双膝《そうしつ》をゆっくり左右に開いていく。

やはり男はソレが目的であり、下半身を裸にして開かれた女体に重なろうとしている。

「男が欲しかったんでしょう？　貴女の望み通りじゃないですか」

そして男は、前戯も無しに肉マラをぶち込んできた。

「ヒィィイイィン！」

恐怖の余り膣は萎縮《いしゅく》していて、すぐにSEXの出来る状態ではなかったにも拘らずだ。一突きで最奥部まで、身体が真っ二つに引き裂かれたような錯覚を起こす程、強烈な痛みだった。

続けざまに、容赦ないピストン運動がガンガン責めてくる。これが本当のレイプなのだと、沙希は初めて思い知った。

「あぅん……あぅん……痛い……ぐうぅ………優しくッ……」

涙を流して哀願しても、男は一方的なファックを緩めてくれない。

「自分の立場をわきまえるんだな、変態女のクセに！」

今の今まで集団レイプを夢想していた女が、本物のレイプに戦慄してオイオイ泣き喚く。

「ウッ……あううう…………あぐぅううううぅぅううぅ………」

全身を揺すられ、木偶《でく》人形みたいに関節をカクンカクンさせて、沙希は二度とＳＥＸもオナニーもすまいと心に誓った。

「フン、泣いてる割には大した濡れようじゃないか。……おまけに俺のをグイグイ締め付けてきてやがる。流石はド変態だな」

（……………そんな……ウソよっ！）

だが、男の発言は事実だった。レイプの恐怖に慄《おのの》きながらも、沙希は肉の悦びを感じていた。

「違う違う違う！　私は感じてなんかいない！」

慌てて否定したところで、彼女の陰肉からラブジュースがじゅくじゅく流れ出ている事実は変わらない。

「ならこれでどうだ！」

男が腰を回し、８の字回転に前後運動も加えた高等テクニックを使い出した。それだけで、沙希のプライドは呆気《あっけ》なく粉砕された。

「イイッ……！」

快感を認めた女の花園を、男は猛然と突きまくる。

「気にする事ないさ。女はみんなそうなんだから」

その言葉が慰めになったのか、沙希は心の箍《たが》を外して腰を振り出した。

「アン……アン……アン……。……そこっ！………気持ちいい……！　気持ちいい、気持ちいい、気持ちいいのォ!!」

本物の男、本物の射精が味わえるのだと思うと、沙希はスイッチが切り替わったように淫乱女に豹変《ひょうへん》し、破廉恥に喘《あえ》いで眼鏡をずらす。

「ああん………出して……出してぇッ！　私の中で、直接射精してぇぇぇぇッ!!」

卑猥過ぎる腰使いに男は圧倒され、また新たな性技を繰り出して応戦した。

「あああああぁあぁ……イキそう………。いっしょに……いっしょにイッてぇぇぇぇぇぇぇぇ………」

「ううっ……出るッ！」

グギュウウウゥッと、ペニスを食いちぎらんばかりにヴァギナが締まり、同時に男は沙希の中で欲望を爆発させ、彼女が切望していた白いマグマを噴火させた。

僅か４時間に足りない短時間の内に、こんなにも繰り返しレイプの洗礼を受けるなんて、信じられないドラマチックな一夜だった。それもどうにか、満たされた結末のお蔭で気に病まずに済みそうだ。

それから１ヶ月後の事。あの鮮烈な一夜の官能など無かったかのように、エリートＯＬはまたストレスだらけの毎日を送っていた。

そんな彼女はある日、整理した決算書を提出しに上司のいる部長室のドアをノックした。

「霧島です、入ります」

カチャッと扉が開き、グレーのカーペットをハイヒールが踏んで間も無く、男と女は同時に声を上げた。

「あぁぁぁっ⁉」

眼鏡の奥の沙希の瞳が、有り得ないはずの光景を視界に捉《とら》えて驚愕している。

「なんで、こんな場所に……⁉」

部長室の革張りのソファーには、あの夜沙希をレイプしたコートの男が澄まして座っていたのだ。

「失礼だぞ霧島君、会長のご子息に向かって」

部長の声が、全てを説明してくれた。

(会長のご子息って……？　ホントにぃ⁉)

あんぐりと口を開けた沙希を、彼はフォローしてくれた。

「叱《しか》らないであげてください。彼女とは、ちょっとした縁がありましてね……」

その額には、ちょっぴり脂汗が浮かんでいた。それを、エリートＯＬは見逃さなかった。

聡明《そうめい》な面持ちが居住まいを正し、いつものシャープなポーカーフェイスに戻って非礼を謝罪する。

「申し訳ありません、私も存知上げなかったものですから」

深く頭を下げる沙希を見て、男はホッと胸を撫で下ろした。おそらく彼は、会社では真《ま》面目《じめ》な男で通っているのだろう。

そして、顔を上げた美貌がニッコリ微笑《ほほえ》む。

「本当に存じませんでした。まさかお付き合いしてる相手が、会長の息子だったなんて！」

「……⁉」

男はソファーから飛び上がり、バカを言うなと沙希を睨《にら》んだ。

すると、ルージュを光らせた唇が妖しく微笑んだ。

(こんな玉《たま》の輿《こし》のチャンス、絶対に逃がさないわよ………)

実録成年コミック

「うにゃあぁ、まとまんないぃっ！」

使い始められたばかりのノートの1ページ目がビリッと裂かれ、くしゃくしゃに丸められてゴミ箱に放り投げられた。だが宙を飛んだ紙クズはゴミ箱の縁に当たり、カーペットの上に散乱している雑誌の山の間に転がり落ちる。

「うー、なんとかとっかかりだけでもまとめないと……！」

女の子にしては散らかりきった室内は、雑誌や書籍ばかりが山のように積まれ、本棚にはコミックスがずらっと並んでいる。そして、現在仕事中らしいこの部屋の主の作業机《づくえ》は、机面の角度が変えられる製図用のスチールデスクで、机上にはペン軸、ペン先、墨汁、羽根ボウキ、雲形定規、デザインナイフなどが取り揃《そろ》えられていた。

なるほど、それなら部屋が散らかっているのも当たり前だ。イヤイヤ、そう決め付けるのは偏見だが、現にそうなのだからしようがない。彼女の職業はマンガ家なのだ。それも19歳の女流作家。ルックスはまだ中学生ぐらいなんじゃないかと思える程幼いが、月刊誌〝スィートぱせり〟に連載も持っているれっきとした先生だった。長いピンクの髪の毛を三つ編みにして、大きなメガネをかけたおチビさん……じゃなくて小柄な体格をしている。

そんな彼女が、何やら頭をひねってウンウン唸《うな》っている。

「う～……どうしよう……。もうレズはつまんないし……レイプにも飽きちゃったよねぇ……。あ、スカトロはやった事ないよね！……でもやっぱダメかな？　あ～……」

可愛《かわい》い顔した女の子が、他人に聞かれたら警察に通報されそうな独り言を呟《つぶや》いている。一体彼女に何があったのかと思いきや、どうやらそれが彼女の日常らしいのだ。

彼女は速世深紅《ハヤセミク》のペンネームで成年コミックを描いているポルノ作家だった。まぁ簡単に言うとエロマンガ家だが、その華麗な描線で生み出されるキャラクターたちが、これでもかという程ハードにからみまくる、美しさと猥褻度《わいせつど》の高さで大人気を博している売れっ子なのだ。

因《ちな》みに本名は早瀬美久《はやせみく》、ペンネームと同じ読みだ。いつも時間に追われて、コンビニに行くのにもマンションの通路をバタバタ走り回っているため、互いに交流のない住人たちの中で唯一誰もが知っている有名人にもなってしまっている。ただし、みんな彼女の事を元気な中学生だとしか思っていないようだが。

そうして何処《どこ》に行くのも駆け足になるのが習慣付いているため、しょっちゅう一人で転んだり、誰かとぶつかったりしているのだから困りものだ。それが、今の彼女にはコンビニに行く余裕さえ無かった。今日中に来月号掲載分のネームを上げないと、後のスケジュールが苦しくなってしまう。もう日が暮れてしまっているというのに、未だストーリーのアイディアさえ出てきていない。困った困った。美久は資料用のポルノ雑誌を手に取り、ぱらぱらページをめくって何かいいネタがないか探している。

「最近のエロ本って凄《すご》いなぁ……。殆《ほとん》ど無修正みたいなもんじゃない。隠すのは小陰唇とクリトリスだけ……肛門《こうもん》も大陰唇もモロ出し。後の毛なんて当たり前だもんね……。ウワッ、これスペルマどろどろ！…………でもこれに負けないの描かなくちゃイケナイんだもんねぇ……。まいったなぁ………」

いくら考えてもネタは浮かんでこない。下手な考え休むに似たりだ。

「こういう時はアレだ！」

美久が行き詰まった時、気分転換に決まってする事と言えば……お風呂だ。気持ちのいい入浴で、身も心もリフレッシュするのが彼女の習慣だった。

「フンフン、フ〜ン♪」

ウキウキしてバスルームに入った全裸の美久は、濡《ぬ》らした素肌にたっぷりボディソープを付けたスポンジを当てて、全身泡だらけになって身体を洗っている。周りにふわふわとシャボン玉を舞わせ、さながらソープの国のお姫様みたいだ。と言っても、決してソープランドのお姫様と言う意味ではない。念のため。

「んー♪」

手足の隅々まで洗った手がコックを回し、ザーッと温かいシャワーを噴き出させる。すると見る見るシャボンのドレスが脱げ落ちて、ほんのり紅潮した19歳の生まれたままの肢体が現れた。そこで美久は首をひねり、自分のプロポーションを繁々《しげしげ》と見回す。

「…………やっぱ貧弱かなぁ……」

歳の割りに小さな背丈も、童顔なのも気にならない。ソレはソレで魅力の一つだと思う。しかし、女として胸の膨らみもヒップの張りもないと言うのはどうしたものか。その点についでは、可愛いでは済まされない切実な問題なのだ。Aカップなんて小学生じゃあるまいし。

「……お尻はいいから、せめてオッパイだけでも大きくならないかなぁ………」

美久は両手で胸部の皮膚を掴《つか》み、ギュウッと引っ張って真ん中に寄せてみた。美久のバストはAカップなのに加えて左右に離れている。思えばこの浴室で何百回〝だっちゅーの〟の練習をした事か。その結果、無い乳はくっつかないと言う教訓を得ただけだ。

寂しくなった気持ちを紛らわすために、2つの乳首を摘《つま》んでチョコチョコいじってみる。

「………………」

ちゃんと性欲はあるのに、肉体の発育が伴なっていない事実に納得がいかないのだ。

あんなハードなポルノを描いていても、美久には実際の性体験が殆ど無かった。一応処女ではないのだが、マンガ家なんて業種を選んでしまったせいもあって、恋愛とはとんと縁の無い私生活を送り続けているのが彼女の素顔である。

「私のマンガ読んでる男の子たちは……やっぱり私のマンガをオカズにして……オナニーしちゃってるのかなぁ………？」

進んで選んだ道でも、改めて考えると羞恥心《しゅうちしん》が湧く。

「もし……ファンの男の子から『いっぱいオナニーしてます』なんて手紙貰《もら》っちゃったらどうしよう…………？　オナニーして貰うのが目的で描いてるんだから、とりあえず嬉《うれ》しいけど……。『ありがとう。これからもどんどんオナニーしてね』なんて返事書いちゃうのかな、私…………」

そんな事を考えてる内に、段々摘んでいる乳頭が固くコリコリになってきている。

「ああん……」

下半身にむず痒《かゆ》い痺《しび》れがじんわりと広がり、美久はつい下腹部にも指を這《は》わせ、ベビーピンクのクレヴァスをなぞってみる。

「あぅん…………」

19歳の幼女はアンダーヘアーの量も少なく、産毛程度にしか生えていなかった。

襞の中にそっと指先を滑り込ませてみると、そこは温かく、シャワーとは違う粘り気のある液体を含んでいた。マンガのキャラクターにどんな淫《みだ》らなプレイをさせようかとズッと考えていたのだから、若い健康な人間なら無理もない生理現象だ。

「お風呂入ろ！」

妙な気持ちになる前にさっさとお湯に浸かろうと、美久はバスタブに脚を伸ばしてとっぷり浸かって、ザバーッとお湯を溢《あふ》れさせる。

「はぁ〜………」

入浴剤のジャスミンの香りに包まれて、美久は極楽気分を満喫した。しかし、身体の奥のモヤモヤは消えてくれない。それどころか益々増大して、幼い胸をキュンと締め付けてくる。

とろんとしてきた瞳が棚に置いたボディソープのタンクを見やると、エロチックなイメージがタオルを巻いた頭の中にむくむく湧いてきた。

（遊んじゃお……）

ソープタンクを手に取って自分の正面に抱え、下向きのノズルの先を胸元に向けた。

そうしてポンプの頭をぐっと押すと、ドロリとした粘液がドピュッと飛び出してくる。しかもそれは、白く濁った色をしている。

「あん………」

発射された白濁液は慎《つつ》ましい乳房にビチャッと付着して、乙女心を淫らな気分にさせる。

「やだ……ソープくんったら、やっぱり男の子なんだ。こんなにピュッピュッて射精しちゃって……元気なんだから……………」

ピュッピュッ、ピュッ、ピュッ……ピュピュッ、ピュッ……。実際に男が射精する瞬間を見た事のないポルノ作家は、何度も何度もポンプに射精させて、無邪気に喜んでいる。たっぷり飛び散ったスペルマを胸から顔に塗り付け、自分が男を下僕のように扱う女王様みたいな気分になっていた。

しかし、浴槽の中で石鹸《せっけん》遊びをしていたらお湯を汚してしまう。そう気付いた美久は身体を起こし、お湯から上がってもう一度シャワーを浴びる事にした。

「ああああっ……気持ちイイッ！」

シャワーヘッドを掴んだ美久が、真っ先に強い流水を浴びせたのが充血したオマンコだった。中学生みたいな身体をして、浴室で貪欲に股《また》を広げ、シャワーを股間《こかん》に当ててよがり声を上げているなんて。

仮想スペルマでヌルヌルの胸をぐいぐい揉《も》んで、勃《ぼっ》起《き》した乳首をつねるようにいじくりまわす。

「お風呂でオナニーに夢中になっちゃうなんて…………美久は悪い子なの……。…………悪い子は……ご主人様にお仕置きされちゃうんだから……」

これは職業病というべきか。美久はシャワーオナニーに耽《ふけ》りながら、また新たな創作の世界に入り込んでいった。

（私は今、両手首をタオルで縛られて……バスルームの壁に押しつけられるようにして立たされてる……。そんな私の姿を、目の前にいらっしゃるご主人様が、冷たい視線で見つめている………）

《……これは罰なんだ。何がいけないか、分かっているね？》

美久は初老の紳士に仕えるメイドになって、どんどんイメージを膨らませていく。

「はい、ご主人様……。それは……アタシが……はしたなくて、イヤらしい娘だからです………。仕事中に、ご主人様の目を盗んで……オ、オナニーをするのが大好きな色情狂だからです……」

ほほう、とご主人様は頷《うなず》く。

《では、美久がどれくらいいやらしいのか見せてごらん》

すると美久は胸をじんじんさせ、ヒップを突き出したポーズのまま大きく脚を開き、姿の見えない主人に女性自身を晒《さら》した。

「ご、ご覧になってください……。こんなお仕置きをされて、アタシはオマンコを濡らしています………」

恥蜜《ちみつ》の滴る肉唇を見られているのだと思うと、女の泉は更なる欲汁を垂れ流す。

「恥ずかしい姿をご主人様に見られてるだけで……感じちゃうんですっ！……ああっ……

切ないんです……！　ですから……もっともっと、お仕置きしてください、ご主人様ぁッ！」

股間の敏感な部分にシャワーを当て続けながら、美久は一人芝居に陶酔している。

「アタシの固くなった乳首に…………恥知らずなクリトリスや、意地汚い花びらに……きつい罰を与えて欲しいんです！」

自分のものであって自分のものではない手がピンクのクレヴァスを掻《か》き乱し、襞をめくって過敏な粘膜をダイレクトに流水に当てる。

「ああっ、ダメですっ……そんなところに当てたらっ…………きゃううううっ！……直《す》ぐッ……………直ぐイッちゃうぅぅううッ!!」

「あああぁ……分かりました……我慢します………」

ホースで身体をぐるぐる巻きにして、美久は甘美な世界に溶け込んで戻ってこない。

「キャアアッ……何をするんですかご主人様ッ!?　シャ、シャワーを入れるなんてッ……無理です！　いやっ、オマンコ裂けちゃうぅぅううッ!!」

遂《つい》には想像が行為を凌駕《りょうが》して、頭の中だけでシャワーヘッドが美久のヴァギナにねじ込まれた。

「痛いッ！　痛いですッ！　シャワーを抜いてください！　あぁぁあぁぁあぁぁあぁぁあっ!!」

「いやぁあああぁぁッ、冷たいぃいいぃいぃいいぃッ‼　中で水を出さないでぇえええぇぇッ‼」

「アアアァッ、熱い、熱いぃいぃッ‼」

華奢《きゃしゃ》なボディをしならせ、美久は1人で昇り詰めていく。

「あああぁ……ご主人様…………美久は……美久は……ハアアァアアアァッ！」

一瞬高圧電流が走ったかのように、白い肌がビクンと跳ねたかと思うと、バシャッと腰が落ちて美久はぐったりと動かなくなった。絶頂に達したらしい。

「ふうぅぅぅっ…………」

久し振りのホームランだ。最高のアクメだった。

またお湯に浸かった美久は、甘ったるい悦楽の余韻にまどろみつつ、頬《ほお》の緩みを抑えられなかった。そこへ不意に、電話の呼び出し音が聞こえてきた。仕事場からだ。

今時分かかってくる電話と言えば、原稿の催促に決まっている。今度から子機を持って入浴しようと考えつつ、濡れたままの裸身が急いでベルの発声元に向かった。

どうにか呼び出し音が途切れる前に受話器を取る事が出来た。ふかふかのバスタオルで滴る水気を拭《ぬぐ》いながら、美久は予想済みの相手に応対する。

「もしもーし、早瀬でェす」

『はーい、原稿の方は進んでるかしら？』

思った通り、電話の向こうにいるのは〝スィートぱせり〟の編集者、今居忍《いまいしのぶ》だ。編集部から掛けてきているのだろう。

「えっと、その………アハハハハ」

『また煮詰まってるのね。ＯＫ、先ずはネタ出しね』

忍は、担当作家である美久の事なら何でもお見通しだった。

『い～い？　最近の読者アンケートの傾向なんだけど………。まぁいわゆる、鬼畜モノと純愛モノの両極端にニーズが分かれちゃってるのよねぇ』

「ＳＭ・レイプ系か、初体験ラブラブ系かって事？」

『現実離れした過激なエッチを好む読者と、日常生活の延長としてありそうな、純愛っぽいエッチね。速世センセはどっちもイケそうだから、こっちは助かるんだけど………。その2つならどっちがいい？』

「ん～と………………どっちがいいかなぁ…………？」

今までその事でずっと悩んでたんだから、何のきっかけも無しに決断出来る訳が無い。

『じゃあ私ソッチに行くから、一緒に考えましょうか？』

「え？　あ、ハイ………」

何故《なぜ》だか美久は口ごもった。

『ところで速世先生、今裸でしょう？』

「えっ⁉……ど、ど、どうして分かるの？」

まさか見られているのではと思い、美久はタオルで前を隠して周囲をキョロキョロした。

でも誰もいない。確かに忍は編集部にいる。

『分かるわよ、あなたの事なら何だって。じゃ、直ぐ行くから。待っててネ』

「あ…………！」

『何？　嫌なの？』

「い、いえ………」

『なら変な声出さないの。そんな声だったら後でいっぱい出させてあげるから。じゃね』

そこで通話は途切れ、美久は顔を赤くさせて、暫《しばら》く受話器を持ったまま立ち尽くしていた。

「また、忍さんと………」

これから何が起こるか承知しているような顔付きで、美久はそわそわした気持ちのまま忍の訪問を待った。

※　　※　　※

ピンポーン、ピンポーン。美久の部屋のチャイムが鳴ったのは、それから20分後の事だった。

やけに早いなと思いつつ、美久は玄関に応対に向かった。忍には入口のオートロックを解除する暗証番号を教えてあるので、いつも直接この部屋にやって来るからだ。しかし意外な事に、ドアに向こうからはいきなり野太い男の声が聞こえてきた。

「Hi! デビッドデース」

「マイコーデース」

「We are マスクラー・ブラザースデース!! HAHAHA!」

2人の男の声が重なって、美久の鼓膜を刺激する。外国人らしい発声だ。

(うにゃっ!?………誰?)

それは管理人の声ではない。他の入居者にこんな声の人物がいるのだろうかと不審に思いつつ、美久は恐る恐るチェーンを外し、ドアをすかして半分顔を覗《のぞ》かせた。

「ど、どちら様………うにゃあああぁっ!!」

そこにいたのは、2人の巨大な筋肉ムキムキ男だった。美久はビックリして腰を抜かし、口をパクパクさせて卒倒しそうになっていた。

「HAHA,ヘロウ ジェパネィーズ ゲイシャガール。ナイストゥーミーチュー」

2人は声の通り外国人だ。そのままプロレスのリングに上がれそうなスタイルでポーズをつくり、白い歯を剥《む》き出して恐ろしい笑顔を見せている。

するとダブルマッチョマンの間を割って、1人のグラマーな女性が現れたではないか。

「びっくりさせテ、ごめんなさいでス。まったくもウ、デビッドもマイケルも、おつかいひとつモ満足にできないですカ………」

よくよく見れば、マッチョマンの片割れは回覧板を手に持っている。

「ワタシ、7階に住んでます、サラです。カイランバン持ってきましタ」

そこまで言われて、美久はようやく事態を飲み込めた。

「あ、ハイ。すみません、ありがとうございます。………早瀬美久です」

「Oh, ミクさん。ラブリーガールね」

ガールと呼ばれるのはしょうがないだろう。小柄で童顔な上に、今の服装はぶかぶかトレーナーにソフトジーンズ、それに恐竜さんのスリッパを履いているのだから。

それに対してサラと名乗る金髪女性は、女の目から見ても溜め息が出るようなプロポーションをしている。ちょっと向かい合うのが恥ずかしいぐらいだ。

美久が回覧板を受け取ると、3人は手を振って去って行った。

「サラさんかぁ……。あんな綺麗《きれい》な人がこのマンションに住んでたんだ……」

玄関で回覧文書に目を通しながら、美久は強烈なキャラクターを持った3人組の事を考えた。

「でも……サラさんとあのマッチョブラザーズって、どういう関係なんだろう……？」

あんな事やこんな事、色んな想像を巡らせて、小さな顔が真っ赤に染まる。

そこへ再び、ピンポーンとチャイムが鳴った。

「うにゃぁっ！　ご、ゴメンなさぁい！」

サラが怒って戻って来たのだと早合点した美久は、慌ててドアを開けて頭を下げた。

「アレ？」

そこに立っていたのは、忍だった。

「どうしたの？」

ベージュのサングラスを指先でちょこんとずらしながら、忍は美久の顔色を窺《うかが》う。それを美久は、笑って誤魔化《ごまか》した。

「ううん、何でもないの。へへへへへ」

いつもアクティブなファッションで決めている忍は、今日もすらりとした脚線をスラックスで包み、ブロンズレッドのジャケットをばっちり着こなしていた。

美久の顔色から別段気にする事はないと判断した忍は、早速仕事の話を切り出した。

「どうなの？　あれから何か考えた？」

「ゼンゼン」

2人並んで奥の仕事部屋に歩くと、机上にはまっさらのネーム帖が開かれていた。

忍は唇をひん曲げて困った顔を作ったが、こんな事は承知の上で来ているのだ。外したサングラスを上着のポケットに仕舞い、妖艶《ようえん》な微笑を浮かべて可愛い子猫ちゃんを見つめた。

「速世先生が早くいいアイディア出せるように、頑張りましょうか……」

編集者が年下の担当作家の肩を抱き、一度軽い口付けをしてから、深く舌を絡ませてピチャピチャお互いの口内粘膜を舐《な》め合った。

「忍さん……私、レズなんかじゃないですからね」

2人きりのベッドの上で、美久は下半身裸の忍に言った。

「私だってそうよ。これも仕事の内なんだから、グチ言わないの。はい、もっとおしゃぶりして」

膝立《ひざだ》ちの忍は、四つん這いの美久にフェラチオを要求した。彼女の股間にはレディースパートナー……つまりレズビアン用ディルドーベルトが装着されている。ディープパープルのエロチックなカラーで、本体はメカニカルな段差が何重にも刻まれており、直径35ミリのシャフトの中程には、真珠大のイボが無数に飛び出していた。

「前のより凄いでしょ。ミクのために買ってきたんだから」

「……………どうやれば上手く出来るの？」

フェラチオの経験がない美久には、男性器のどの部分をどう愛してやればいいのか分からない。やはり本で読んだだけの知識では不充分なようだ。

「じゃあ1から教えてあげるわ。まず全体をひと通り舐めて、ペニスに唾液《だえき》をまぶすの。先っぽのワレメとか、裏側のスジの部分とかを丹念に舐めると効果的ね」

2人の関係はいつもこうだった。性体験の豊富な忍が美久をリードして、タチ役を務めている。

忍と美久が初めて肉体関係を持ったのは、作画の参考にと忍が美久に自分の性器を見せたのが始まりだった。肉体の全てを見る・見られるという行為は、たとえ女同士でも興奮してしまうものだ。全裸の忍は、自分の身体と見比べた方がいいと美久にもヌードになる事を勧め、やがて互いに疼《うず》き出した欲情を慰め合ってしまっていた。その時も消極的だった子猫をリードしたのは年上のお姉様だ。

「……こんな感じかな？」

忍の指示通り、美久はディルドーを舌でなめなめしている。

「そうそう、そんな感じね。じゃあ今度は咥《くわ》えて」

小さなお口がぱっくりとシリコンペニスを含み込む。標準サイズのペニスでも、美久には少々きついようだ。

「唇と舌で包みこむようにして、幹を締め付けてしごいていくの」

右手を根元に添え、三つ編みの頭がぎこちなく前後に動いていく。

「んっ……むっ……んくん……」

グプッ、クチュッ、ピチュッ。まだ宵の口の寝室に、猥褻な音が響いている。

「そうそう、なかなかサマになってきてるわよ。唾液をすするようにして、絶対に歯は立てないこと。………慣れてきたら強弱をつけて」

ぶちゅっ、ぬぷっ、くちゅっ。唾液にまみれた忍の男根を、あどけない顔が熱心に奉仕し続ける。

「しごきながら、舌先で先端を刺激して……あぁぁ………」

下腹部に付けたシリコン棒をしゃぶられているだけなのに、忍自身徐々に性感が高まってきている。いつしかベルトを巻いた腰が前後にグラインドを始め、自分が男になったかのようにフェラチオに歓喜している。

「アン………。どう、何かアイディアは出てきた？………私は……あなたの何？」

仕事なんて忘れそうになっていた美久は、編集者の問い掛けに対し、咄嗟《とっさ》に今の胸中を吐露した。

「えっと………。忍さんは……カッコイイ部活の先輩……。私はずっと……その先輩に片想いしてて、ようやく結ばれたの………」

「……それは純愛モノって事？」

「うん……そう。純愛ラブラブ学園モノ……」

まぁ、創作の出所なんてこんなものだろう。しかし、何故美久がそんな発想をしたのかという部分には、あまり触れないでおこう。

「じゃあ……そのラブラブな先輩のペニスを……一生懸命〝F〟して、イカせてあげて頂《ちょう》戴《だい》」

「うん……。先輩、好きです……。一生懸命フェラチオしますから……私の口に先輩のミルクを出してくださ い……」

女子校育ちで校内恋愛に憧れていた乙女は、イメージの世界に入り込んで夢中で肉棒にむしゃぶりつく。

「おおお……気持ちいいよ……。ミクの口は最高だよ……」

寝室の空気まで熱くなる程に、2人の身体はカッと燃え上がっている。特に忍は、もうこれ以上擬似フェラチオでは我慢出来ないぐらいにハートが昂《たか》ぶっていた。

「ううぅ……ミク……。そろそろ、出すよ……あ……ああ……出る……出るッ！」

忍がそう口走ったと同時に、美久は顔面に冷たいものが飛び散ってきた感触に眼を開いた。

「きゃっ……⁉」

「あぁ………。上手だったよ、ミク……」

忍はプレーンヨーグルトのカップを手にして、スプーンですくった1杯を美久の顔にかけたのだ。

「冷たいスペルマでごめんね」

ヨーグルトが精液の代わりだなんて。美久はちょっと閉口したが、何も出ないよりは遥かにムードがあるのは確かだった。

「さて……ネタは出た事だし、これで仕事にかかってくれれば私は有り難いんだけど……」

子猫ちゃんの前髪を撫《な》でながら、忍は微笑する。

「ミクちゃんは仕事が出来る状態じゃないみたいねェ……」

すっかりカラダを火照らせ、瞳を潤ませている美久の様子に、忍は愛の手を差し伸べた。

自分はレズじゃない。そう思っている美久は、そんな忍の態度に悔しい思いがしている。

「……忍さんだって」

美久は忍のシャツの裾《すそ》に手を入れ、ブラジャーの上から片手に余る乳房を揉んだ。美久のとは違って十二分に成熟した女の肉体は、豊満な乳房の先端を固くエレクトさせているのが手の平に伝わってくる。突起を美久の指が摘み、くりくりといじって擦《こす》り上げる。

「あふうっ……！」

内心欲しくてたまらなかった感触に、オンナの声が甘く悶《もだ》えた。

「ミクがおしゃぶり上手だから……ボクも辛抱たまらないんだ……。ミクのオマンコ……舐めていいかい？」

「…………うん」

愛の囁《ささや》きをくれる恋人に抱き付き、その胸に頬を寄せて、美久は全てを投げ出した。

「好きです、センパイ……」

「可愛いよ、ミク」

上着を脱いで腰のベルトを外した忍は、美久の着衣も脱がせ、身体を反転させて小柄な裸身に重なっていく。69の体位だ。

（うわ、すっごく濡れてる………）

ディルドーの基部で押さえられていた忍の陰部は、ぐしょぐしょに濡れそぼってヘアーまでべっとりと汁気を含んでいた。サーモンピンクの小陰唇がとても淫らだと、美久は思った。

美久は忍のヌードを特別美しく感じていた。きゅっと引き締まったウェスト、すらりとした両脚。そして、たわわに膨らんだバスト。そんなヴィーナスの如《ごと》き肉体と素肌を重ね合って、男性経験の希薄な乙女は、不思議な感動に打ち震える。

「綺麗だよ、ミクの……」

「ああっ、恥ずかしい………」

忍に自分のいやらしい部分を見られていると思うと、激しい羞恥心が湧いて愛液の分泌量が増えてしまう。

「んっ……んふうっ………」

「ああっ、そこ……気持ちいいっ……」

チュッ、チュッ……チュパッ……。くちゅっ……くちゅ……ピチャッ、ピチャ、ピチャ……。

唾液と愛液が入り混じって、肉襞が舌に掻き回される音が猥褻にユニゾンしている。

「ミクのおつゆ、美味《おい》しいよ……」

「んんん……ぷはぁ………」

身体同様コンパクトなつくりの美久自身を口愛し、指先でピンクのしわしわをさすりつつ、伸ばした舌を膣《ちつ》に出し入れしている。

「あはぁあぁあぁああぁあぁあっ！」

感じる肉壺《にくつぼ》の中でうねる軟体動物の感触に、美久は総身をくねらせて喘《あえ》いだ。

更に淫核《いんかく》亀頭を転がされると、悲鳴を上げてのたうち回る。

「きゃううぅううん!!……クリトリスがいいっ！」

若鮎《わかあゆ》のような肢体がビクンと跳ね、それっきり黄色い声が聞こえなくなった。美久は忍のクンニによって、軽く絶頂に達したらしい。

「…………センパイ…………私……イッちゃった……」

「うん。イク時のミク、綺麗だったよ。…………でも、まだまだイキ足りないいんじゃないのかい？」

そう言って忍が持ち出したのは、全長40センチに届こうかというダブルバイブレーターだった。

オシメを替える時の赤ちゃんみたいに下半身をオープンさせられた美久は、ワレメの中心に大きな亀頭を添えられ、ドキドキしてその瞬間を待った。

「入れるよ、ミク」

「うん……来てっ、センパイ」

ズブッ！と、淡いサクラ色の肉襞に太い紫のシリコンシャフトが減《め》り込む。

「はううっ……入ってくるうぅ……。太いのが…………センパイのペニスがオマンコの中に入ってくるぅうううッ…………！」

双頭バイブの片側半分程を美久にインサートした忍は、反対側のグランスを自分の濡れ肉に当てがうと、自ら腰を突き出して太幹と結合した。

「んあああっ……！」

女同士が松葉くずしの形で繋《つな》がり合い、股間と股間をくっつけ、太腿《ふともも》をもつれさせて腰を使い始める。

「きゃふっ、はああうっ！」

バイブレートのスイッチを入れ、２人は官能の世界に向かって身体をひとつにした。

「変になっちゃう、ああっ……すごく気持ちイイよぉ！」

「ああっ、ボクも………気持ちいいよっ！」

２人の結合部分からくるおしい愉悦が互いの背筋に伝わり、髪の毛も呼吸も乱して桃色の声が喘ぎまくる。

「ああ、いいよ、いいよミク………」

「スゴイっ！　ああっ……もっと、もっとぉ……！」

腰と腰とがぶつかり合って、バイブヘッドが子宮の奥をズンズン突いてくる。とめどなく溢れる愛液が泡だち、湿っぽい音を立てる。腰が振れるたびに飛び散る恥汁が、シーツの上にぽたぽたとシミを作っていく。肌と肌のぶつかるパンパンという音が、激しく鳴り響く。

ぬちゅっ、ぐちゅっ、ずぷっ、ブブッ、くちゃっ、びちゅっ…………！　美久も必死に腰を波打たせ、切れそうに広がっているヴァギナからオナラまで出させた。

「はあっ、イイっ………すごくイイっ！」

白い喉《のど》を反らして、忍も喘いでいる。

「気持ちいいっ……ふあっ、はぁぁんっ！」

深々と腰を打ち据えると、2人の飛び散る恥汁が交差して混ざり合い、粘りを帯びた粘液が真っ白な糸を引きながら、互いの恥丘へ降り注ぐ。

「はあっ、はっ……ふああっ！」

忍が上体を起こして腰に体重をかけ、ピストン運動に縦の動きも加えて、より激しく美久を責め立てる。

「ひゃっ、あっ、あはぁぁっ‼」

上へ下へと粘膜を擦り上げられ、美久は全身汗だくになってシーツをぎゅっと握り締めている。

ぶるんぶるん揺れている忍の乳房も、霧を吹いたように汗の玉が浮かんでいた。それらもピチピチ飛散して、双方の生肌に付着して混ざり合う。

「セ、センパイ……あああぁっん、忍さんっ！　アタシ……もぉ…………っ！」

爪先《つまさき》を震わせながら、美久はとうとう限界に達した。

「あふっ、ミクぅっ……私も……私も一緒にいっ…………‼」

2人の性感の昂ぶりが、バイブを通してビンビン伝わってくる。もうこれまでだ。

「イッちゃうっ！　やあっ……イッちゃううう〜っ‼」

「イクっ！……イクうっ！　んはっ……はあぁぁぁんっ‼」

ぷっしゃぁぁぁ！　思いっきりバイブを締め付けながら、夥《おびただ》しい量の蜜液を潮のように

股間から噴き上げて、ネコとタチはエクスタシーをシンクロさせた。

そして、同時に持ち上がった腰がゆっくりと落下していく。

「くう……はあ…………ふう……」

「はあ……はあ……ふう…………ああ……」

押し付け合った花びらが、絶頂の余韻に震えている。口元の涎《よだれ》を拭うことすら忘れて、2人は淫らな香りの立ちこめるベッドへと倒れこんだ。


それから5分後、美久がまだ余韻に浸って枕に顔を埋めていた頃。忍は1人で着衣して、こんな話を始めた。

「で、主人公は先輩の方？　女の子の方？　さっきのストーリー」

「え……？」

忍が着替え始めていた事すら気付いていなかった美久は、若干驚いた様子で聞き返した。

「あ〜…………ラブラブまっしぐらで……長い黒髪の病弱な女の子」

ひとつのひらめきさえあれば、後はスイスイ設定が決まる。

「じゃあその先輩は、無口で硬派な体育会系かしら？　やっぱりサッカー？　野球？」

「う〜ん、意表を突いて相撲とか」

「手作りのお弁当ですぅ……って、ちゃんこ渡して？」

「アタシが心を込めて編んだマワシですっ……とか」

「ハハハッ。ま、でもやっぱ今なら野球でしょ」

「センパイのバットを握らせてください！って」

「俺の熱いこのタマを受け止めてくれ！」

「センパイッ！」

「ミクっ！」

マンガ家と編集者って、こういうの珍しくないらしい。

「んじゃ、頑張ってねセンセ」

「は～い」

熱の入ったコントが終わったところで、忍は職場へと戻り、美久は机に向かう。勿論ちゃんと服を着てだ。

※　※　※

速世深紅が原稿執筆を開始して数日。彼女は古風にも、ねじり鉢巻をして愛用のペンを握っている。下書きは既に終了し、只今《ただいま》絶好調でペン入れに励んでいた。

今日は昼過ぎに忍から電話があって、夜に進行状況を見に来るらしい。時刻も19時を過ぎた。そろそろ来るかもしれない。美久は横目で時計を気にしながら、次のページの原稿に手を付ける。

ところでつい30分程前の出来事だが、美久が夕食を買いにコンビニに行く途中、例によって走ってマンションの外へ出ようとした時、入口の所で若い男と激突して転倒してしまっていた。おまけに転んだ際にスカートの中を見られるというハプニングも併発して、美久は痛いのと恥ずかしいのとで顔を真っ赤にしていた。まぁ、前をよく見ずに走っていた子供が悪いんだから怒りようもなく、適当に謝罪して逃げてきたという訳だ。過去にもそんな事故は何度かあったが、今日のは特に恥ずかしかった。

そんな事はさて置き、美久が執筆の手を休めてウ～ンと伸びをした時だった、ピンポーンと美久の部屋のチャイムが鳴ったのは。

「は～い」

ここで美久は油断してしまった。多分忍か、また回覧板だろうと思ってトコトコと玄関に行き、不用意にドアを開けてしまったのだ。

「はえっ……？」

「でへへへ………」

開かれた扉の真ん前には、全く見覚えの無い不細工な男の顔があった。目があった瞬間、男はだらしない顔で笑った。

「本物だぁ……本物の速世深紅だぁ！　でへへ、ずっと探した甲斐《かい》があったなぁ」

ソイツが伸ばし放題の髪をぼりぼり掻くと、1年ぐらい風呂に入ってないんじゃないかと思える異臭がムッと漂ってくる。そしてその汚い手が、持っていた紙袋の中を漁って何かを取り出した。

（………？）

男が美久に差し出したのは、真新しい色紙だった。

（ひょっとして……この人私が速世深紅だって知ってて、サイン貰いに来たの？）

ファンからサインを求められるなんて。美久は一瞬有頂天になった。しかしだ、この男どうやってオートロックマンションの中に入ってきたのか。第一どうして速世深紅の自宅住所を知っているのか。一転して美久は眉《まゆ》を顰《ひそ》め、警戒の眼差しで男を観察した。

無駄に贅肉《ぜいにく》を蓄えたぶよぶよの身体。脂の付いたメガネ。全身小汚いくせに、変にキレイなアニメキャラのトレーナーを着ている。

そう言えば、以前忍から『速世深紅の住所を教えろ』と、しつこく電話をかけて来る男がいるという話を聞かされた事があった。ソレがこの男なのだろうか。

「サインくれよぉ！」

横に伸びきって原型の分からないキャラクタープリントが、威圧感たっぷりに迫ってくる。

「ひ、人違いですっ！」

これはマズイと気付いてドアを閉めようとした美久だったが、男は見かけによらない力で、がっしりとドアを掴み留めた。

「ウソだぁ。ちゃんと調べたんだから。その墨で汚れたペンダコは、マンガ家の手だぁ」

鋭い指摘に美久がひるんだ瞬間、男はドアを引っ張り開けて、敷居の内側に侵入してきた。

「サインぐらい、いいだろぉ」

怯《おび》えて奥に逃げる美久を追って、男もずかずかと室内に上がり込んできた。一応靴は脱いでいる。

「ほぉら、やっぱりそうだぁ！」

分厚い眼鏡越しに、腫《は》れぼったい目が描きかけの原稿を見つけた。

「うはあ、速世深紅のナマ原稿だァ！」

更に男は机上のペンを手に取り、いとおしげに脂ぎった頬をこすりつけ始めた。

「はふぅぅっ……このペンが、ボクの愛しいエンジェルたちに魂を吹きこむのかぁ」

こいつ、マジで危ない。男が原稿に気を取られている内に外へ出ようと、美久は音を立てずに立ち上がって身を翻した。

しかし、駆け出そうとした美久は後頭部に衝撃を感じ、バランスを崩してカーペットに倒れ込んでしまう。

「キャァッ、痛いッ……！」

「でへへへ、逃げちゃダメだよぉ」

美久のおさげを掴んで、男が不気味に笑っていた。

「ファンは大切にしなくちゃ……ねぇ？」

「あううっ！　サ、サインならあげるからあっ……!!」

「それだけじゃあ、ダメだよぉ。だって、ミクはボクにウソをついたんだからさぁ……。ボク、とっても傷ついたんだよぉ」

タラコみたいな唇を歪《ゆが》ませて笑う男の顔に、美久は全身に鳥肌を立てた。本人は可愛くすねているつもりらしいが、それが奇怪で鈍《おぞ》ましくてならない。

「ちゃんと謝るからっ！　本当に悪かったからっ！」

心から恐怖を感じた美久は、『死にたくない』と必死で祈る。

「言葉だけじゃあダメだよぉ」

「じゃ、じゃあ……し、色紙描いてあげるからっ！」

「カラダで償ってもらわなくっちゃあ……」

「えっ？　ひっ！　い、イヤーっ!!」

すえた匂《にお》いを放つ巨体が、ちっちゃい身体に覆い被さってくる。

「イヤっ！　ヤメてっ！　ふぐっ……キャーっ！」

叫び声を上げながらも、美久は衣服をビリビリに裂かれ、ズルズルと浴室まで腕を引っ張られて行った。


「ふぐっ、ううぅ、うっうっう………いやァ……」

バスルームには、美久の悲痛の声がこだましていた。

「こんなの、イヤあぁぁ」

「でへへへ………恥ずかしい格好だよ、ミクぅ」

下着も全て剥《は》ぎ取られた幼い裸身は、タオルで縛られた両手首をタイルの壁につける格好で、無防備な下半身を侵入者の前に晒している。

これではいつかの妄想と全く同じだ。異常事態の中でも、人間は妙な事を思い出す。でもこのご主人様は、優しく甘美なお仕置きをしてくれそうにはない。

「ボクは知ってるんだぞぉ。ミクはさぁ、すっごくエッチな女の子なんだよねぇ？」

作品のイメージをそのまま作者に投影させてしまう。ありがちな錯覚だ。芋虫みたいな指を怯える肌に這わせ、男は鼻息を荒げている。

「この可愛らしいおっぱいも……つるんとしたお尻も……甘くてとってもおいしいよぉ」

「ひっ……いやっ…………うあぁぁっ……」

美久は男の妄言に反論も出来ず、気色の悪い手に身体中好き放題に触られたのに重ねて、ベトついた生温かい舌で、ぴちゃぴちゃそこら中を舐め回されている。

「ほぉら、やっぱりミクはエッチな女の子だぁ。乳首がこんなに立ってるじゃないかぁ」

「ウソッ！」

泥雑巾《どろぞうきん》で撫でられているより気持ちの悪い感触なのに、美久の身体は女の性感を呼び起こさせ、その明白な証《あかし》を突き出させていた。

（そんなバカな事っ！）

頭では否定しても、自分の肉体が異なる反応を示してしまっている。その事実は認める以外にないのだ。

「こっちの方はどうかなぁ？」

夢中で乳首を舐めていたブツブツだらけの顔が、震えるヒップの奥を覗き込む。

「でへへっ、これがミクのオマンコかぁ。やっぱりびしょ濡れだぁ」

「いやぁ……うぅっ、見ないでぇ………」

剥き出しにされた薔薇色《ばらいろ》の粘膜に男の鼻息を感じ、美久はようやく己の肉の火照りを自覚した。

（こんなに嫌なのに……どうしてッ……⁉）

その逆だった。寒気がする程嫌な事をされているのが、女の官能を刺激しているのだから。経験の少ない美久には、まだそれが理解出来ない。

男は潤んだ肉襞をめくり、美久の内部構造を観察している。

「これが大陰唇でぇ、こっちが小陰唇だなぁ？……オマンコの穴はこいつかなぁ？」

「ひいっ！」

ガサガサした指がヌルッと膣内に入り込んできて、細かい襞々を撫で回し、その感触を確かめている。

「でへへへ、熱くてヌルヌルだぁ。…………こっちのワレメの上に付いてる、つやつやの豆がクリトリスだね？」

愛情の無い触り方にもっとも敏感な粘膜を嬲《なぶ》られ、美久の喉が悲鳴を上げた。

「きゃうううううっ！」

「そんなに喜んで、ホントにミクは好き者なんだ」

そこで男はキョロキョロ浴室内を見回した。

「何か入れる物はないかなぁ？…………………あぁ、コレがいいや。へへへへ、今気持ちいいのを入れてあげるからね」

「嫌っ！　それはいやあぁぁぁぁっ‼」

男が掴んだのは、美久が最も恐れていたシャワーヘッドだった。何もかも妄想と同じ。

これはまさに、悪夢以外の何物でもない。

だが、男は可愛い叫びを却って嬉しがり、張り切ってシャワーヘッドの先端で肉裂を広げる。

そして、メリメリメリッと身体がまっぷたつにされるような激痛と共に、硬いゴツゴツした異物が、狭い膣の中に押し入ってくる。

「あっ！……おおあーっ…………‼」

「ぐへへへっ、入っちゃったぞぉ」

限界までに押し広げられた亀裂《きれつ》に、シャワーヘッドがずっぽり埋没してしまった。

「と、取ってぇ……っ、取ってくださいいっ‼」

必死に哀願する美久に、男は笑って答える。

「ダメだよぉ。これからボクが、エッチなミクのオマンコを綺麗にしたげるんだからさぁ」

それもやはり、妄想と同じだった。

止める間もなく、男はコックをひねって、美久のお腹の中に勢いよくシャワーを噴射させた。

「うおおああぁあああぁあぁあああぁあっ！」

解き放たれた水流が子宮の中で荒れ狂い、行き場を無くして膣口からブシャーッとしぶき出てくる。肉弁がビラビラ震え、水流がいつくもの筋を作り、四方八方に飛び散っている。

「あっ！　あぶっ！　ああっ!!　あぁー!!　あぁぁぁ………」

「あははは、すごいっ！　すごいぞぉっ！」

男は手を叩《たた》いて豪快な水芸を称え、美久は膝をガクガクさせてその場に崩れ落ちた。

「こらぁ、ちゃっとお尻を上げてないとダメだよぉ」

無理矢理腰を立てさせられ、水を浴びた裸身がまた恥辱のポーズを取る。

「オマンコの次は、こっちの穴も綺麗にしなくちゃねぇ」

セピア色をした恥ずかしいつぼまりを、爪垢《つめあか》のたまった指先がつんつん突付いてくる。

「いやぁ………もう……いやぁ………」

「でへへへへへ……」

聞く耳など持たず、男は次にシャンプーの容器を手に取った。

「ミクの漫画に描いてあったもんねぇ。石鹸はアルカリ性だから、薄めないと腸が傷んじゃうんだよねぇ、ちゃんと覚えてるよぉ……へへへへ」

幸か不幸か、以前美久が描いた浣腸液《かんちょうえき》の作り方を、男は忠実に守っている。……と言う事は、つまり男は美久に浣腸しようとしているのだ。

「イヤッ、やめてよっお願いっ、それだけは許してえぇっ!!」

「ダメだよぉ。女の子は、キレイキレイにしないとねぇ……えへへへ」

男はシャンプーボトルから中身を搾り出し、そこに一杯のぬるま湯を注ぎ入れた。

ボトルの腹を押すと、中から白濁した液と一緒に、じゅぶじゅぶと無数のシャボン玉が湧き出してくる。

「いやッ……いやだぁ………」

あまり弾力の無い臀肉を掴み、男はシャンプーボトルの先端を美久の肛門に押し当て、ぐいぐいねじ込んだ。

「ひいぃぃぃっ⁉」

そしてノズルキャップが菊門の中にすっぽり入ったところで、ボトル内の温かいシャンプー溶液が注入される。

「いやあぁぁぁっ、やめてえぇぇっ‼………あふぅっ、ああっ……あがぁ………」

じょろじょろと体内に注がれてくる液体の感触に、美久は白目を剥いた。

「うふふふ……ほぉら、全部入っちゃったぞぉ」

ボトルを引きぬいて、男は満足げにニヤついた。

すると美久は、早くも腹中にきりきりとした痛みを感じて、懸命にバックホールをつぼめる。しかし、猛烈に込み上げてくる排泄《はいせつ》衝動に苦悶《くもん》の脂汗を浮かせていた。

「ううっ……ううン……うううぅ………」

ぎゅるぎゅると低い音が美久のお腹の底から響き、可愛い蕾《つぼみ》がヒクヒク震えている。

「ああっ、お腹がぁ………お腹が苦しいよぉ………」

「我慢しないでさぁ、出しちゃいなよぉ？」

きゅぅぅ〜〜……ぐるぐるぐる……ごぽっ、ぐるぐるぐる………。激しいお腹の嵐の様子は、全て男の耳にも届いている。我慢など出来るはずは無い。美久が恥を掻くのは時間の問題だった。

「あふっ！」

ごぽっ……プクっ………。一瞬下半身の緊張が緩み、汗ばんだつぼまりから白いシャボン玉が出てきた。だが、それが美久の我慢の限界だった。

「イヤあぁぁっ！　ダメえぇぇっ…………………！　出ちゃうぅぅっ、出ちゃうよぉぉっ‼」

ビュッ、ピュ……ぶぢぅっっつ！……ぶぢゅぢゅぢゅぅうぅっ‼……ぶびっ！　ぶびびびぃっ‼

哀切な仰け反りと共に、精一杯の我慢が決壊して、濁った水流が勢いよく一斉に飛び出してきた。汚物が滴をはね飛ばしながら、どばどば噴火している。

「イヤイヤイヤあぁっ！　見ないでぇえっ‼」

恥辱の脱糞《だっぷん》は1分以上続き、最後の1滴までひり出して、美久は奇妙な安堵感《あんどかん》に包まれた。それと同時に、もうこの男には逆らえなくなってしまった。

美久の身体がぐったりしたからか、男は彼女の手首を縛っていたタオルを解いて、自らはズボンを脱いで、包茎チンポをぽろりと露出させる。

「お仕置きの次は、ご奉仕の時間だよぉ。さぁ、ボクのチンポにご奉仕するんだぁ」

「ご奉仕……します………」

もうすっかり抵抗心の失せてしまった美久は、素直に男の股間に跪《ひざまず》き、上を向いている短小に指を添えた。しかしそれは、先端を完全に被《おお》っている包皮の先から目に染みるぐらいの悪臭を放っており、とても顔を近寄せる事など出来ない。

それでも、フェラチオを拒否すればまた何をされるか分からない。吐き気を抑えて、美久はチビた鉛筆みたいな肉棒をペロペロ舐め始める。

「うっ……ううっ………」

だが、男は美久の舌の動きを気に入らない様子だ。

「違うよぉ、ちゃんと皮を剥いてから舐めるんだよぉ。ミクの漫画に出て来たあの娘みたいに、ちゃんとチンカスも舐めとって綺麗にするんだよぉ」

「うっうっうっ………」

命令のままに包皮を剥き下ろし、ネバネバ発酵してるみたいな恥垢《ちこう》を舐め取って、美久は必死で口唇奉仕をした。１秒でも早く終わって欲しい一心で、この前忍に教わったテクニックをフルに使っている。

するとは男は、予告も無しにいきなり射精をしたのだ。

「ぶはっ……ゲホッ……！」

口から吐き出された肉棒が、更に汚液を発射し続け、美久のメガネにべっとりと付着した。

「ダメじゃないかぁ、ちゃんと全部飲まなくちゃぁ。漫画のあの娘は、美味しそうに飲んでいたじゃないかぁ」

「ごっ、ごめんなさいっ!!」

「罰として、メガネに付いたボクの精液を全部舐めるんだよ」

「え……ハ、ハイ………」

何を言われても逆らう気になれず、汚れたメガネを外した美久は、自分の舌で気色悪い粘液を舐めてレンズをきれいにした。

そしてとうとう、男は美久の腰を抱いて、その汚らわしいモノを突き入れてきた。

「イヤッ！……そこはチガッ………あうううぅぅうッ!!」

美久はアナルを犯され、恐怖と痛みの余り、思わずシャアアアァッと失禁してしまった。

「ははは、凄いぞ。ミクのおしっこだ！」

「イヤッ！……いやぁあああぁあぁ………」

男は直ぐに美久のお尻の穴の中に発射し、事を終えた。

（うううぅ………誰か……誰か助けて……！）

その願いが通じたのか、美久が直腸に熱いモノを感じているまさにその時、何者かの影

がこの浴室のサッシをガラッと開いた。

「美久、いるの⁉」

忍の声だ。これで助かると思った美久は、まさに地獄で仏を見るように顔を上げた。すると、忍は驚きの表情でこう言った。

「美久……あなた……。凄いわ！　もう次回作の構想を練ってたのね」

（ええっ…………………………………………）

忍の大ボケに美久が頭を真っ白にしている隙《すき》に、男は浴室から逃げ出し、あっと言う間に行方をくらませた。

※　　※　　※

「もういい！　人がホントにレイプされてたのに！」

いくら美久が事情を説明しても、忍は信じてくれなかった。

「でもここって凄いマンションよねェ。今さっきも階段のトコでＳＥＸしてるカップル見ちゃったんだから」

「ふえっ⁉　そこの階段で？　ホントに⁉」

自分はもっと凄い体験したのに、他人のＳＥＸとなるとやはり興味が湧く。

「じゃあ、順調に進んでるみたいだから、私はこれで」

忍は移動の途中で立ち寄っただけらしく、10分ほどで美久の部屋を出て行った。

だがその後、美久は仕事が手に付かなくなっていた。自分がレイプされた事なんかはもう忘れている。今聞いた階段でSEXしていたというカップルが気になって仕方ないのだ。

（…………今から見に行ったって、もう終わっちゃってるよ、絶対。行っても無駄無駄）

そう思って再度ペンを握った美久だが、その5分後には、問題の現場に立っていたのだから困ってしまう。

「ホラ、やっぱり誰もいない……」

案の定、現場にはただ冷たい風が吹いているだけだったが、ここで何者かがSEXをしていた証拠は残っていた。

コンドームだ。男の精液がたっぷり入った使用済みコンドームが、コンクリートの踊り場に、無造作に捨てられていた。

「……コ、コッ、コンドームだ！」

男性経験の少ない美久は、コンドームにも余り縁が無かった。ピンク色をした薄手のゴムサック。ぬめぬめと光っているゴムの皮膜は、その行為の激しさを生々しく物語っている。

ゴクッと生唾《なまつば》を飲んで、美久はピンクのゴムに指先を触れさせ、こぼれている白濁液の温度を感じた。

「まだ温かい……」

そこで美久は、是非これを参考にして絵を描きたいと思い立ち、部屋まで持ち帰ろうとサックの端を摘んで持ち上げた。

「これが……男の人のペニスに着いてたんだ………」

だがその時、美久は背後に人の気配を感じて振り向いた。

「そんなモノ拾って、どうするつもりですカ？」

「あ……！」

美久の後ろに立っていたのは、何日か前に知り合った金髪グラマーのサラであった。お共の2人のマッチョマンも一緒だ。

「マタお会いしましたネ？」

「ハーイ！　ラブリーゲイシャガール!!」

ヤバいところを見られたと思い、美久は顔を引き攣《つ》らせる。

「あ、えっと………だ、誰かがここにこんなモノ捨ててったみたいで……。ちゃんとゴミ箱に捨てとかないと………」

「捨てるにしてハ、ズイブン熱心に観察してましたケド？」

言い訳は通じない。サラは美久の行動を一部始終見ていたのだから。

「ミクさん、アナタ、スペルマに興味がアルのデスネ？　だったら、イクラデモ出してあげマス。遠慮ナクどうぞ」

パチンと彼女が指を鳴らすと、それに応《こた》えるように後ろのデビッドとマイケルが動き出す。岩みたいな2つの巨体が、小さな身体に迫ってくる。

「Make an assault on!!」

「Oh!　ミクさんTOMBOYね」

「Don't be so naughty!　YHA!」

瞬く間に裸に剥かれた美久は、大男に軽々と抱え上げられてあっさり、ブスッと巨大なペニスに股間を突き刺されてしまった。

「やはぁあああああぁん!!」

2回も続けて強引にレイプされるなんて！……イヤ、きっと3回になるに違いない。美久はそう考えた。だが、事実はちょっと違っていた。

「マイケル、何をぼうっとしてるですカ。まダ、空いてる場所があるでしョ？」

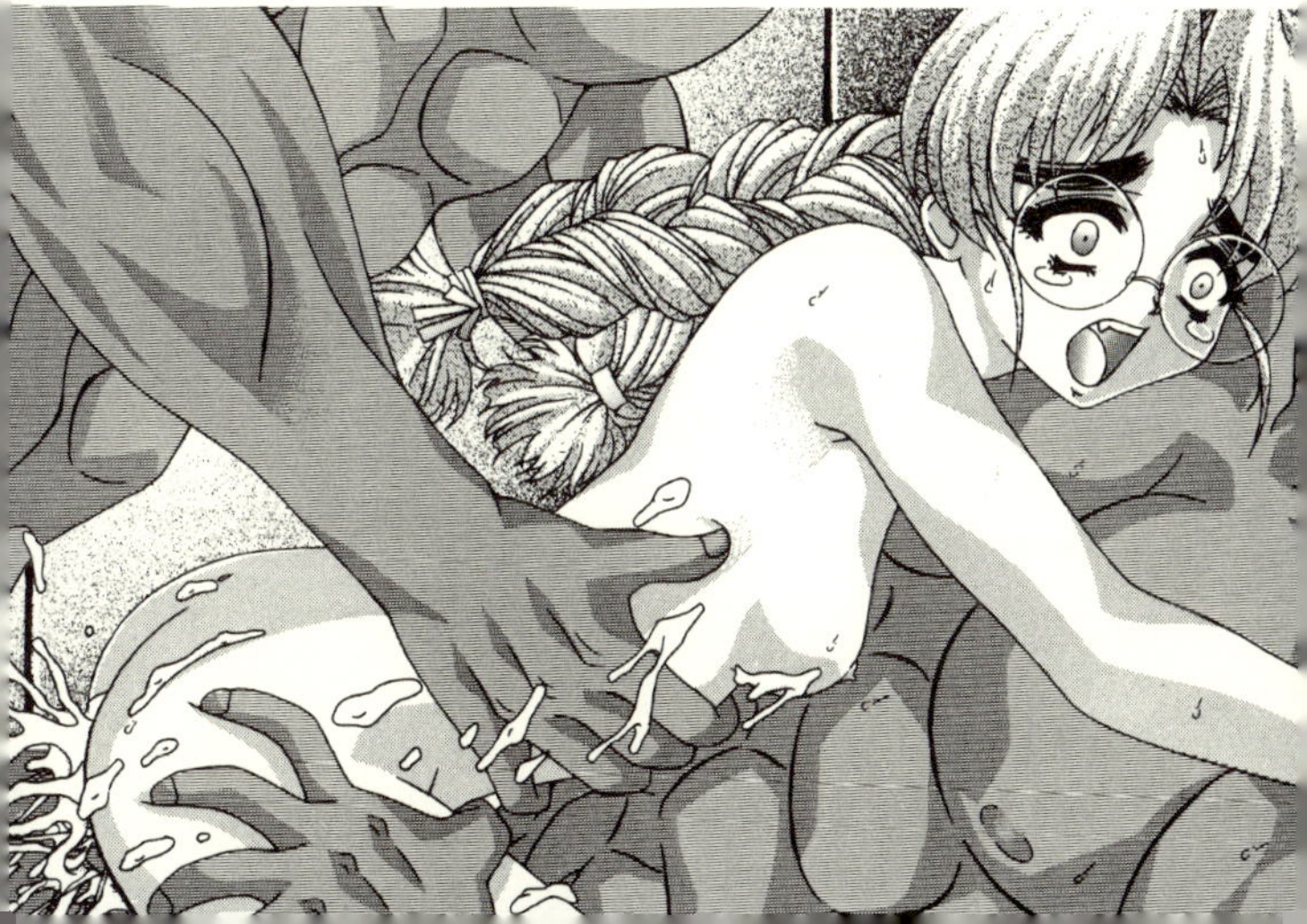

サラの声にもう1人のマッチョが美久の後ろの穴に怒張を近寄せ、これもぶっすりと貫いてきたのだ。

「ひゃぐぅうううぅぅうぅうううッ‼」

2穴ファックなんてハードなの、無論美久には初めてのプレイだった。膣と肛門を互い違いにガンガンえぐられ、小さな身体が粉々になるんじゃないかとさえ思えた。

失神寸前の美久は、衝撃に耐えようと大男の太い首にしがみつく。それが、彼女の魂を呼び醒《さ》ました。

(あ……この広頚筋、太い…………。ここが僧帽筋……三角筋……上腕三頭筋……大胸筋…………)

目で見るだけでは分からない微妙な筋肉の構造が、肌を通して感じ取れる。絵描きとしては、やはり人体デッサンが気になるらしい。こんな時でも。

加えて後から前から2人に同時に犯されるというプレイに、マンガ家の創作意欲が燃え上がった。

(いいわッ……とっても良いわッ、このシチュエイション……！　この体験……いいネタになる‼)

そう自覚した途端、今まで以上の爆発的な快感が美久の理性を粉微塵《こなみじん》に吹き飛ばした。

「ひああっ、イイのっ…………気持ちっ、イイのぉ！」

身体の中で荒れ狂っている熱くて太い2本の肉棒が激しく擦れ合い、もう自分の身体なんか壊れてもいいとさえ思えてしまう。

「もっとぉ……ああっ、もっと激しくしてえっ!! オマンコもお尻も……ぐちゃぐちゃに掻き回してえぇっっっ!!」

「Ok! last スパート!!」

息もつかせぬピストン運動に、高音の悲鳴が上がる。

「おおおおおおおおぉぁ〜っ」

「Wowwowoooo!」

「あっ、あっ、ゔあああぁぁぁあっっ!!」

どっくっ、どっくっ、どっくっん……。獣のような声といっしょに、灼《や》けつくように熱い射精液が、美久の前後の穴の中に注がれた。

「ドウデスカ、とてモ素敵でしょウ?」

快楽の余韻に打ち震える美久を、金髪の微笑が嬉しそうに見つめていた。

美久はもう、この筋肉ブラザーズにメロメロだった。虜《とりこ》と言ってもいいぐらいだろう。

その証拠に翌日、彼女は自ら2人を自室に呼び寄せていたのだから。


「ああっ、もう動かないでってば!」

スケッチブック越しに、美久はブーイングする。

「ソ、ソーリー……」

「こらっ！　マイケル！　そっちも動かないっ！」

2人の筋肉の虜になってしまった美久は、彼らをモデルにして〝筋肉ペニス怪人〟なるキャラクターを作り出そうと、デザインに励んでいた。

「ミス・ミク、疲れマした……アイムベリータイアード」

「3時間くらい我慢しなさい！　そんなデカイ形してるクセに！」

「OH、ジーザス！」

2人のマッチョマンは冷や汗を垂らし、怯えた顔で小さな女王様の命令に従うしかなかった。

被虐流家元

彼女の部屋は、不自然に生活感というものが無かった。家具らしい物が殆《ほとん》ど無く、キッチンにも食器類が極端に少なかった。それは、ここが彼女の住居ではないからに違いない。玄関から上がってきた彼女の足は、静々とフローリングの床を進んでくる。その足取りは、場違いなように真っ白い足袋を履いていた。更に見上げれば、足袋だけではなく、艶《あで》やかな加賀友禅の留袖《とめそで》が桔梗色《ききょういろ》に華やいでいるではないか。

彼女はついさっきまで、駅前のカルチャースクールで茶道教室の講師を務めてきた、小笠原静香《しずか》と呼ばれる24歳の未婚美女である。

奥の部屋に入って、ベランダに面したサッシのカーテンを開けた彼女の面持ちは、何ともアンニュイというか、深刻そうな憂いを湛えていた。

長い翠《みどり》の髪を鼈甲《べっこう》の簪《かんざし》で束ねた妙齢の和服美人が、何故《なぜ》一人マンションの一室で物憂げな表情を浮かべているのか。また、この部屋を何のために借りているのか、気にせずにはいられない魅力を、その立ち姿は有している。恐らく、彼女にこんな顔をさせているのは、彼女の肉体を弄《もてあそ》んでいった数えきれない程の男どもなのだろう。それが彼女の性なのだろうかと、ついつい勘繰ってしまいそうになる。それ程、小笠原静香とは、濡《ぬ》れたような色香を放っている女性だった。

はっきり言ってしまおう。この婀娜《あだ》めいたご婦人は、ここに飼われているのだ。傍らにある飴色《あめいろ》に光る漆塗りの鏡台も、時代がかった衣紋《えもん》掛《か》けも、主から与えられたものだ。そして、その主は決して彼女を愛してはくれない。単に物体としてしか、彼女を見てくれていない。

（だから、こんな生活に耐えられるんだわ……）

潤んだ瞳はそう思っている。なまじ愛情なんか注がれたら、その重圧に気が狂ってしまうだろう。自分は肉人形で構わないのだ。それが、礼を重んじる茶道の指導者の裏の顔だった。

勿論彼女は、これからここで主人に抱かれるためにやって来ている。日も暮れかかっている時間に1人でベランダのカーテンを開けた静香は、文字通り白魚のような指で帯締めを解き、背中の腰帯に手をかけると、結び目をゆっくり解いていく。

衣擦《きぬず》れの音が、さらさらと静かな部屋に響いた。前合わせが開ききると、ふわりと着物の裾《すそ》が舞って、朝顔模様の袖からほっそりした腕がゆっくり抜かれていく。丁寧に、慎重に、着物を汚さぬよう、皺《しわ》をつけぬようにと、静香はやり過ぎではないかと思えるぐらい細心の注意を払う。それも、他の場所ではやらない事だ。

襦袢《じゅばん》の色は、白だった。思っていた通りに汗をかいていて、湿った布地の感触が透き通るような白い肌にまとわりついてくる。そうして前紐《まえひも》を解き、肌に密着していた熱気を解放してやると、入れ替わるようにひんやりした空気が濡れ肌を撫《な》でる。

「ふう……っ」

静香が小さな溜め息を零した。色っぽい、女の溜め息だった。

その手が腋《わき》の汗を拭《ぬぐ》おうと、鏡台の隅に畳まれていたタオルに手を伸ばす。すると、屈《かが》んだ静香の視界の端の方で、何かが光ったように思えた。

(………?)

不審に感じた紅《あか》い瞳が横目で見ると、このマンションの真向かいにあるレンガ装飾の家屋の2階ベランダ部分に、望遠鏡らしき物が据えつけられているのが見て取れた。そのレンズは真っ直《す》ぐこの408号室に向いている。そして、ベランダの奥の部屋のカーテンの陰には、若い男らしき人影の一部が確認出来る。そこで、静香はゾクッと身体を震わせた。

(……覗《のぞ》かれてる⁉)

しかし、不思議と彼女の胸に動揺は無かった。

素知らぬ顔をして、静香は覗いているのがどんな男なのか探ろうとする。

(私の部屋を覗き見してるなんて、どんな男かしら……?　若い子みたいだけど………

私のカラダに興味があるのかしら……?)

神経を研ぎ澄ますと、視姦《しかん》の眼差しが痛い程素肌に突き刺さってくるのが感じられる。

(あぁ、見られてる……。私……着替えるところを見られてるんだわ………)

女の肉体がザワザワざわめき始め、胸の中がキュンと締め付けられた。

そこで静香は、覗き行為を無視して着替えを続ける事にした。決して覗き犯に裸身を見せてやるサービス精神などは無い。しかし、ここでカーテンを閉めて望遠鏡の視線を遮るのもワザとらしく思えて出来なかった。

(無視してればいいいんだわ……。見られてるなんて恥ずかしい事、気付いてないと思われた方がいい……)

ドキドキしている艶姿が、怯《おび》えるように白い襦袢に手をかけた。柔肌を滑っていく白衣を追いかけるようにして、望遠鏡の視線も汗ばんだ肉体を嘗《な》め下りていくのが感じられる。

肩口から肩胛骨《けんこうこつ》を過ぎて腰骨へと、徐々に露《あら》わになっていく女体を見逃すまいとするようにに、視姦の目が執拗《しつよう》に追いかけてくる。そう感じるのは彼女の錯覚……ただの思い込みではない。ゴクリと鳴った喉《のど》の奥が乾き、指先はぶるぶると震えて、平静を装う事が困難になってきた。それでも静香は、覗き男へのストリップショーをやめようとしない。

(あぁ……まだ見てる……。ずっと見られてる……。彼、私のカラダを気に入ってくれたのかしら……?　もしかして……もう、ペニスを出して……マスターベーションしてるかしら………?)

まるで遠く離れた覗き犯が目の前にいて、怒張した肉棒を激しくしごいているかのような光景を思い浮かべて、静香はカッと頬《ほお》を紅潮させる。

(あんなトコからこっそり覗いてるなんて……女のカラダを見るのは、初めてなのかしら……?　もしかして……高校生とか……中学生?………やっぱり……ペニスの先は、真っ赤なのかしら……？）

女の肉体は、明らかに興奮していた。誰だか分からない男に裸を覗かれ、ズリネタにされているのだと思うと、静香は異常に欲情した。

そして、はらりと足下に薄物が舞い落ちる。乳房も恥毛も晒《さら》した生まれたままの姿を覗き魔に見せつけ、静香は言葉では言い表せない感情に打ち震えている。

「はあぁぁ…………っ」

深く甘い溜め息をこぼして、素肌の上を無数の毛虫が這《は》い回っているような感覚に、静香は全身じっとりと玉の汗を浮かせた。それを、さっき掴《つか》みかけたタオルを使って拭い取る。

（見てるのね……彼。……私の全てを………）

女にしては長身の和服婦人の媚体は、スーパーモデル張りの麗しいスタイルを輝かせている。長い脚に、均整の取れた8頭身のプロポーションが見る者の視線を奪い、毎日スポーツで鍛えているかのような引き締まった筋肉がしなやかな女性美を際立たせていた。ぐんと張り出した乳房はGカップ程あるだろうか、爆乳と言えるダイナミックな量感を振りまいてブリンブリン弾んでいる。

（あ…………！）

首筋から胸部にタオルを当てた時、静香は己の恥に気が付いた。乳房の先端の褐色の粘膜部分が、固くなって小指の先ぐらいに突き出てしまっていたのだ。

（あぁ……あの人に……私が乳首を立てているのが見られてしまう……）

望遠鏡に対して、自分の身体を真正面に向けるのも不自然だ。静香はさりげなく斜め向きに身体を開き、コチコチにエレクトしている乳頭を見せつけてやる。

胸の谷間の汗を拭き、腋の下から横腹、腰をひねって丸いヒップを軽く撫でてから、タオルを下腹部へと這わせていく。

ここまできて、静香は迷った。しかし、それは己の陰部まで覗き魔に公開しようかどうか迷ったのではなく、股間《こかん》を見せてやるのにガニ股《また》になるのは恥ずかしいと思ったからだ。

そこで静香はスッと片足をスツールに乗せ上げ、膝《ひざ》を立てて内股と秘叢《ひそう》の奥の湿り気を拭う事にした。

静香の女の茂みは、長く太い髪の毛と同じ色のちぢれ毛が鬱蒼《うっそう》と密生している。そこに焼け付くような視線が集中してきたのを、彼女は身を持って感じ取った。

（ああっ……見てる！　彼……私のアソコの毛を……その中の襞々まで欲望の眼差しで見てるんだわ！）

甘痒《あまがゆ》い痺《しび》れが背筋を伝わって、さらに吐息がこぼれた。

「はぁぁぁ……っ」

股のつけ根に溜まっていた汗をスッと拭き取る。……ゴシゴシ拭う。

「んんん……………あぁ……」

拭う汗などとっくにタオルに染み込みきっているのに、静香はソコを擦る手の動きを止められなかった。

やがて、汗とは違う液体がじわじわタオルに染み込んで、拭いても拭いても汁が溢《あふ》れてきて止まらなくなってしまった。

(……はあぁっ……もう我慢出来ないわ!)

自分を抑えきれなくなった静香は、望遠鏡に向かって淫《みだ》らに股間を広げ、淫猥《いんわい》に肉汁を滴らせた女陰を見せつけて指を肉襞に差し入れた。

「はああぁっ!」

女の情欲が肉の悦《よろこ》びに喘《あえ》いだ瞬間、もう1人の静香が叫んだ。

(ダメッ! 見ず知らずの男にオナニーを見せるなんて……何て恥知らずなのッ!)

自らの心の声に羞恥心《しゅうちしん》を刺激された静香は、身を伏せるようにその場にばったりと倒れ、手を伸ばしてスーッとカーテンを閉ざした。

暴漢にレイプされかかった少女のように、静香は手で前を隠して裸身をこわばらせている。

(もっと、自重しなくてはいけないわ……)

自らの性癖を戒めるのもそうだが、この部屋の秘密を他人に知られる訳にはいかないのだ。気を取り直した美貌《びぼう》が重要な使命を思い出し、全裸のまま鏡台の前に座って束ねた髪を整える。

(他人に自分の秘密を握られる事がどんなに恐ろしいか……私は嫌という程分かってるはずなのに………)

最近少しやつれただろうかと思える貌《かお》に白粉《おしろい》を軽くはたき、薄い唇に紅を差す。高級な香水を腋の下と首筋、手首と下腹部にふりまく。

これは、全く無意味な化粧だ。さしずめストリッパーの衣装と同じと言っていいだろう。汚されるための……これからここにやってくる卑劣な男のための化粧なのだ。

(昼間だって……あんな事を………!)

紅色に濡れた唇を噛《か》み、眉間《みけん》に深い皺を刻んで、静香は今日の茶道教室での恥辱を回想した。

広い和室で大勢の受講者に囲まれ、茶会の形式で長時間の講座を続けている時。静香はあの男にある仕掛けを施されていた。そのお蔭で正座している臀部《でんぶ》の奥がじりじり熱を帯び、時折狙《ねら》い澄ましたタイミングで秘肉をえぐるようなバイブレーションが、格式を重んじる家元の官能を刺激した。そしてその男は、白々しく「どうかなされましたか?」などと戦慄《わなな》く耳元に囁《ささや》きかけてきた。その男とは、茶事の裏方に回る〝お運び〟として師匠を補佐する立場にあたる、30歳になる静香の弟子の一人である。男は開講前に静香の膣《ちつ》にリモコン式のローターを挿入し、講座中そのスイッチを操って、刻々と変色する美貌を観察して喜んでいるのだ。

「……ん、はあぁぁ………」

受講者たちに悟られぬように悦楽を押し殺すだけでも至難の技なのに、重ねて己の体液で着物を汚してしまう心配もしなければならない。肉体的以上に、精神的に辛《つら》い責め苦だった。そして今日は、とうとう講座中に絶頂に達してしまうという屈辱まで味わわされてしまった。

悔しい……。でも、たとえようもなく甘美な悦楽を思い返し、静香は自分が女である事を呪《のろ》わずにはいられない。

その男の言いなりにならなければいけない理由は簡単だ。ふとしたきっかけで、ある受講者の夫と肉体関係を持ってしまったのを、知られてしまったからだ。絵に描いたような不倫カップルがホテルに入るところと、情事を終えてうっとりした顔で出てきたところを、見事に写真に撮られてしまったのだから、彼に逆らう事など不可

能だった。

男が要求したのは、ズバリ静香の肉体だった。それを保身のために、彼女は素直に受け入れ、写真を撮られたホテルで弟子に抱かれた。

それが今やこの有様だ。まさかこんな破廉恥なプレイを強要されるなんて。

いくら悔やんでも、全ては自分の業の深さが招いた結果だ。イヤ、これが結果なのかどうかは分からない。まだまだ続きがありそうな気さえする。

そこへ、前触れも無しに襖《ふすま》が開いて、例の男が登場した。

既に静香は支度を終えて、いつものように三つ指つき、深々と頭を下げる。

「ようこそ、おいでくださいました」

「礼儀作法にのっとっただけの挨拶《あいさつ》など無用ですよ」

傲慢《ごうまん》に鼻を鳴らして、男は吐き捨てるように言った。静香がどんな態度をとろうと、この男から優しい言葉が出る事はない。そういう人間なのだ。思えば、この男は最初から自分の肉体が目的で入門を希望してきたのかも知れないと、静香は思う。

「申し訳ございません……」

謝る事が最善の策だと知ったのは、この男と関係を結んで直ぐの事だった。このサディストは、それだけで満足する。

「教室での余興はどうでした？　生徒たちに見られながらのエクスタシーは、また格別だったでしょう」

弟子の問い掛けに対し、静香はクッと肩を震わせただけで何も答えなかった。しかし、男は師匠の美貌がこわばるのを見るだけで悦に入っているようだ。

「では、お稽古《けいこ》を始めましょう」

作務衣を着た男は、正座している静香の横を通り抜け、背後のクローゼットを開く。その中には、静香をあやすためのオモチャがぎっしり詰まっている。

「貴女のカラダはあの程度の刺激では満足出来ないでしょう。まさか、貴女に独りで慰めさせるなんて真似《まね》はしませんよ。それとも、私が来る前にもう済ませてしまいましたか?」

「そ、そんな事ッ!」

さもさっき覗かれて欲情していたのを見透かしているような男の口ぶりに、静香は狼狽《ろうばい》する。だがその口が、いきなりくぐもったうめき声を発した。

「ううっ……ぐうううっ!」

玉絞りの手拭いを使って、男が背後から静香に猿轡《さるぐつわ》を噛ませたのだ。

絹の縄をもがく肢体に巻き付け、男は静香の四肢の自由を奪った。幾重もの輪が着物に皺を寄せ、柔肌に食い込んでいく。

「んふっ……ふうぅぅっ……」

乳房の上下を締め付けられ、絞り出された膨らみが突出する。

この部屋は静香の調教ルームだ。壁や天井の至る所にフックが取り付けられていて、そこにロープが通され、緊縛された艶体が宙吊《ちゅうづ》りにされるような格好で固定される。四方八方から蜘蛛《くも》の巣状に張り巡らされたロープが、色香漂う下半身を開かせてギリギリしなっている。

そうまでされて、静香はまた身体の奥を熱くさせ、着物の下をじっとり汗ばませていた。

「相変わらず、縛られるのはお好きなようですね」

「んーっ、んうぅぅっ！」

知られたくない事実を指摘された上に、ちぎれそうに絞られた肉房を乱暴に嬲《なぶ》られ、白い喉が悲鳴を上げる。

拘束の鈍い痛みとは異なる鋭い痛みが、成熟した女体を苦しめる。鈍痛と激痛の波状攻撃はやがて等質のものとなり、女の官能を揺さぶり始めた。

「ん……ふっ、ふくっ……むふぅぅぅぅっ……！」

悶《もだ》える肢体の着物がめくられ、下着を着けていない下半身に陵辱の指が伸びる。そこはすでに、汗とは異なるものによって汚れていた。

「むふぅうぅぅん…………っ」

秘貝は自らその口を開き、たっぷりとした潮をこぼしながら、与えられる快楽を忠実に中枢神経へと伝えていく。肉の真珠はぷるぷると震え、刻一刻と固くなっていった。そこを、男の指が集中して責め立てる。

「最後までイカせて欲しいですか？」

その誘惑に、つい静香は男と視線を交差させてしまう。

濡れた瞳の意味をどう受け取ったのか、男はまたクローゼットに行って、新たなアイテムを物色した。

「仕方ありませんね」

そう言って男が見せ付けてきたのは、血を固めような真紅の蝋燭《ろうそく》だった。

「んうぅぅぅっ⁉」

ライターで芯《しん》に火が点けられ、炎の下でぐつぐつと赤い液体が溶け出した。そして男は、手にした蝋燭を白い肌に接近させる。

「身の程を思い知りなさい！」

「ふぐうぅぅぅっ！」

垂らされた紅い滴が、焼け付く痛みを雪肌に与える。痛みの点が肉を貫いて、神経を直に揺さぶるようだった。赤い点はすぐに雨となり、間断なき苦痛を媚態にもたらす。

「むふっ！……むっ、むぎぃぃぃぃっ……‼」

胸もはだけられ、張り詰めたノーブラの生乳房に熱の滴りがポタポタ見舞われてゆく。

男は、大喜びで蝋燭を振りかざす。

「ふはははっ！　そらっ、そうらっ！」

下腹に、腿《もも》に、次々と紅い化粧が施されていく。白い肌に垂れた熱蝋は、耐え難い痛みと身の置き所のない屈辱感を五体に刻んでいく。

「んぐふうっ！　っふうぅぅ！」

たまらず静香が身をよじると、絹の拘束が五体を食い締める。

苦痛のW攻撃に美貌を歪《ゆが》め、赤く腫《は》れた肌が苦悶《くもん》の汗を滴らせた。

「ぐふうぅぅっ……ふっ、ぐうぅぅぅっ‼」

最早秘密の森も蝋で固まり、遂《つい》には熱い一筋の流れがヘアーの奥の渓谷に回り込み、そこに息づいている桃色のラビアに接触していった。

「ぐうううううっ‼　うっ！　うぐううぅぅうううぅッ‼」

あれ程の気品を溢れさせていた和服美人が、狂ったようにわめき散らす。そんな師匠の乱れように、男は目の色を変えて狂喜した。

「そらっ、もっと苦しめ！　うはははははっ‼」

そう、彼には分かっているのだ。一見苦しがっているかに見えるこの女が、カラダの奥ではこの悶絶をこの上ない悦びに感じている事実を。その動かぬ証拠として、猿轡はべっちょり唾液《だえき》にまみれ、顎《あご》にまで涎《よだれ》を垂らしている。鼻腔がひくひく拡縮して、甘い息を吐きながら、時折切なく鳴き声を上げている。それに、肉襞に蝋を流し込まれて赤らんでいる性器の内側から、蜜《みつ》の香りのする乳白色の恥液がじゅくじゅく滲出《しんしゅつ》してきているのだ。

静香の肌に、もう紅い滴を垂らすスペースが無くなったところで、男は満足したように蝋燭の火を消し、涎まみれの猿轡を外した。

「どうだ、少しは思い知ったか？」

「は、はい………」

無論その答えは本心ではない。しかし、他に返事のしようがない。

「たまらないんだろう？　そら、奴隷らしくねだってみろ？　イカせて欲しいと、この私にお願いしてみろっ⁉」

三流小説で覚えたような台詞《せりふ》を、男は嬉々として口にする。静香はそれに、渋々付き合ってやる。………が、彼女の肉体が燃えているのも事実だ。

「イ……イカせてくださいぃっ！　私の……淫乱な静香のオマンコを……どうか満足させてくださいっ！　もっと嬲って……。ああっ、静香のカラダを滅茶苦茶《めちゃくちゃ》にしてくださいませぇぇっ‼」

下品な言葉を言い放つ師匠の前で、男は作務衣を脱いでオトコを剥《む》き出しにする。

「早くうぅ……早く、入れてくださいぃぃ………」

男がペニスにコンドームを装着しているのを見て、静香の欲望は待ちきれなくなった。

互いの脚を交差させつつ、男が静香と腰を合わせる。松葉崩しと騎乗位を掛け合わせたような体位だ。

「ふははは……そぉら、お待ちかねのモノだぞ！」

突き上げるようにして、女陰が一突きに貫かれた。

「うあはぁぁぁぁぁんっ！」

充血し蜜にまみれて敏感になった女肉は、その一撃だけで軽い絶頂に達していた。男はそれに気付かずファックを開始して、静香も余韻に浸る事なく2度目のエクスタシーに向かって腰を振った。

「はあぁんっ！　あひっ、あひいぃぃぃんっ‼」

男の肉棒は、格別太さも長さも他に秀でている訳ではない。むしろ小振りと言ってもいいぐらい極標準的なサイズだった。テクニックも大した事はない。それでも静香は飢えた牝犬《めすいぬ》と化して快感を貪っている。

誰でもいいのだ。何でもいいのだ。空腹が満たされるのなら、味に注文は付けない。選り好みなど出来る立場ではないのだから。

「ああんっ、イクぅっ！　また、イクぅぅっ！」

愛液の飛沫《ひまつ》を飛ばしながら、不自由な身を最大限にくねらせて、静香は1分と腰を振らずに2度目の絶頂を迎える。

「うおおっ、おおぉぉぉっ！」

男のうめき声と共に、静香の股ぐらに打ち込まれた屹立《きつりつ》がビクビクッと痙攣《けいれん》を起こす。熱いほとばしりはない。

「くうぅ…………」

アクメの瞬間、静香は涙を流していた。

暫《しばら》く虚脱した後、男は性器を抜去して立ち上がり、静香を拘束しているロープの一部を解き始めた。だが決して肉体の束縛が解かれる事はなく、着物を脱がされた痛々しい裸身が、その場にゴロンと転がされた。

「あううっ……！」

乱暴に蹴り飛ばされ、まだ若々しい肉房がフローリングの床にひしゃげる。

「お前のような色狂いの女には、その格好がお似合いだ」

「は、はい……」

罵《ののし》られる事にたまらない愉悦を感じ、静香は夢見るような声で答えた。

（そう……私はマゾ。虐げられて……痛めつけられて欲情する、最低の女……。私をいじめてくれる人になら……誰にだって尻尾《しっぽ》を振る、ふしだらな牝犬……。あなたが考えている以上に、私は変態なのよ……）

そんな師匠の胸中を知ってか知らずか、男は次に黄茶色の深い光沢を放っている一杯の茶碗を持ち出して、死体のように転がっている静香の顔の前に置いた。それは静香が先代の家元より拝領した長次郎の楽焼の逸品だ。代々受け継がれている当家の家宝と言える大切な品である。

「どうせまだ満足出来てないないいんだろう？　だから、これから一服させてやろうじゃないか」

「…………！」

まさか家宝の茶碗を淫らなプレイに使われるとは。静香の顔から血の気が引いたと同時に、その胸の奥がゾクッと疼《うず》く。

「とっておきの濃茶を、お出し致しますよ」

そう言うと男は、半萎《はんな》えの男根からコンドームを外して、抜き身の筒先を茶碗に向けた。

そこまでされれば、男が何をしようとしているのか嫌でも分かってしまう。

（ああっ…………私……この人の小便を飲まされるんだわ！　どうしましょう！）

思った通り、男根の先の小穴から黄ばんだ汚水がジョボジョボジョボと放出され、しぶきを散らして茶碗になみなみと温水が注がれていく。そのしぶきが静香の美貌に飛び散り、また彼女のハートを熱くさせる。

「さあ、どうぞ……」

残酷な光を眼鏡の奥にたたえて、男は飲尿を促す。それに対し、静香は身震いして顔を背けた。

しかし、やがて静香は小刻みに震えながらも茶碗を見つめ直し、瞼《まぶた》を閉じてこう言った。

「…………頂戴《ちょうだい》致します」

紅の剥《は》げた唇が精一杯舌を伸ばし、犬のようにピチャピチャと、卑劣な男の小便を舐《な》め始める。ツンとする臭気に、苦い痺れが脳髄にまで突き抜ける。

「あうっ……あっ……」

口の周りを不浄の水でびちょびちょに濡らし、顎から伝った滴で乳房まで汚して、静香は喉を鳴らして恥辱の飲尿行為を続けている。

「……如何《いかが》ですかな？」

冷ややかな問いに、小便まみれの口が答える。

「ああ……結構な……お点前でございます……」

「結構だって!?　うははははっ、小便を舐めて喜ぶとは貴女は本当にそれでも人間ですか？　うわははははっ……！」

そこまで雑言を浴びせられても、静香は飲尿を止めようともせず、生尻をモジモジくねらせ、ズズズズッと音を立てて黄金水をすすっている。

こんな不味《まず》いものを飲まされるなんて。静香自身そう感じている。だがそこがマゾの真髄。下劣な男が排泄《はいせつ》したものを飲んでいるのだと思うと、官能がザワめいてたまらなくなってしまう。屈辱を与えられる事が、マゾ奴隷にとってはクリトリスを嬲られるより甘美な快感なのだ。

「では、仕上げにコレを清めて貰《もら》おうか」

精液で汚れ、先端に尿の滴を垂らしている性器を突き出し、男が要求した。

静香はソコから目を逸《そ》らせたものの、特に抵抗する様子も見せずに呟《つぶや》く。男の肉棒はいつの間にか、再び天を向いて反り返っていた。

「…………縄を、解いて下さらないと……」

ようやく解放された両手で男根を捧げ持つと、静香は硬直した肉柱に熱い口付けを施し、ねっとりと舌を絡めて幹を貪った。

「んく……っ、ちゅ…………っ」

夢見心地で男根をしゃぶり抜き、巧みな口技にビクついた腰をなだめながら、少しでも長い時間フェラチオを楽しもうと、静香はあらゆる術を駆使した。

「っはっ……んむ…………っ……んんんっ！」

「うぅっ………うあああっ！」

数え切れない怒張を愛してきた唇に、男はたまらず欲望のほとばしりを温かな口内に発射した。

生臭い精液の香りに、静香はうっとりと目を細めた。それだけで、充分に満足出来た。

「……では、今日のお稽古はこれぐらいにしておきましょう」

全裸でしなだれている師匠をよそに、男は自分が満足するや、着衣してさっさと消えて行った。

それでいいのだ。静香には、まだしなければならない事があるのだから。

※　　※　　※

バスルームで男が出していったものを洗い流し、静香は次の準備に追われていた。

静香はある人物の肉奴隷である。それは間違いなのだが、その主人はさっきの男ではない。彼は単なる間男に過ぎないのだ。

問題の真の飼い主が、間もなくここにやって来る。静香はそれを待ちわびて、玉の肌に磨きをかけていた。

シャワーを終えて、汚れた床を拭く。そこで、男が残していったスペルマたっぷりのコンドームを摘《つま》み、ティッシュにくるんで水洗トイレに流す。窓を開けて香水を振りまき、スペルマを消臭する。

そこへ、静香の主人が姿を現した。

「マダ、支度ハできてないノですカ?」

ドアを開けて408号室に入ってきたのは、美しい金髪を輝かせた青い目の女、サラだった。

「あ……も、申し訳ありません」

まだ全裸だった静香は、急いで掃除を済ませ、予《あらかじ》め指定されているコスチュームを身にまとう。

その間サラは怪訝《けげん》そうに室内を見回し、フンフン鼻を鳴らして匂《にお》いを嗅《か》いでいる。

「コレハ、どういう事デスカ?」

不意にサラが着替え中の静香の乳房を掴み、勃起《ぼっき》している褐色の突起をいじってきた。

「ここも、コンナニ濡れてマス」

女性自身にまで指を入れられ、奴隷は返答に困った。

「ご主人様が、待ちきれなくて………それで……」

「1人で慰めてイタのデスカ?　イジキタナイですね、シズカ」

見え透いた言い訳だったが、ご主人様はそれ以上真相を尋ねなかった。

自分の所有している奴隷が意に添わぬ行動をとることを、彼女はひどく嫌う。この半月で、静香はそれを生肌に焼き付けられていた。

サラは最初、静香のセミナーの生徒として現れた。日本人の父親を持ちながら、ずっとアメリカで暮らしてきたという彼女は、日本の文化に触れる事が楽しくて仕方ないようだった。

ハーフであるサラを静香が特別視したのは無理もない成り行きだったろう。だが、それは彼女の思う壺《つぼ》でもあった。可愛《かわい》い娘はしたたか、それを読み切れなかった静香の甘さが、身の破滅を招いたのだ。

サラのホームパーティーに招かれたその日。静香はまんまと2人の大男に犯され、その一部始終をビデオで撮影されてしまった。彼女は、性奴隷を虐げる事を至上の悦びとする、サディストだった。服従させる相手は、年齢・性別を問わない。

それからこの408号室をプレイルームとして与えられ、彼女に指定された時間に肉体奉仕を強いられるようになった。そして、静香自身はそんな生活が嫌ではなかった。

「早く服をキナサイ。時間がモッタイナイデス」

「はい……」

中途半端だった着替えを進め、静香はサラの望んだスタイルに変身する。とは言っても、奴隷に与えられた衣装は白い網タイツだけだ。脂の乗った白い太腿をギュッと締め付ける網タイツを、ガーターベルト無しに穿《は》いている、それだけだった。汚れてしまうからと言っても、下着を着ける事など絶対に許されない。ある意味、全裸よりも屈辱的な格好かも知れない。そこへ、左右の手首に黒い革の拘束具が巻かれる。長い髪はばさりと後ろに流して、剥き出しになった背中をざわざわと撫でていた。

「準備出来ました……」

そう言って、正装した奴隷が主人のチェックを受ける。

「相変わらズ、いやらしい胸ですネ」

目の前の爆乳を掴んで、サラが言った。何しろ1メートル近くある迫力なのだから、そこに注目するなと言う方が無理だ。それが重力に反してグンと上反りになっているのだから、溜め息ものだ。

「はい……。私のオッパイは、恥知らずな大きさです」

大き過ぎてコンプレックスになっている恥部を自ら戒めて、マゾ奴隷は背筋に寒気を走らせていた。まさに異常性欲者だ。

早く恥辱の合い言葉で詰って欲しい。今日はどんなキツイお仕置きで苦しめて貰えるのだろう。そんな期待に肉襞を濡らして、静香は主人の命令を待った。

「では、コレヲ着なさい」

サラが最初に与えた命令は、奴隷に男物のトレンチコートを羽織らせる事だった。手渡されたコートのポケットには何か入っているようだが、それについては質問したりせず、静香は黙って袖を通す。

「せっかくノお天気でス。たまにハ、シズカとお散歩するのモ悪くないでしょウ？」

青い瞳がニコニコしている。それはつまり、屋外でのプレイを意味している。これまで様々な恥辱プレイに服従してきた静香だが、外での行為は初めてだ。それだけで、奴隷のカラダはカーッと熱くなる。

「アア、コレを忘れてましタ」

思い出したように、奴隷の鼻先に紫色のペニスが差し出される。毒々しい形をした性玩《せいがん》具《ぐ》だ。

「はい……………」

凶悪なバイブレーターを、静香は当たり前のように受け取って、自分の指で肉唇を開き、長大なシャフトをずっぷりとクレヴァスの中に収めていく。

「くふぅ……………」

ごつごつした突起が肉壁を押し上げて、みっちりと花園の中に充満する。亀頭が子宮の底に当たるまでしっかりと差し入れ、膣口をきゅっとつぼめて、バイブを締め付ける。

「落としたラ、わかってますネ？」

「…………………」

眉根《まゆね》を歪めて頷《うなず》く表情を見て、サラは満足そうな笑みを浮かべ、そのまま奴隷の手を引いて部屋の外へと連れ出した。コードで繋《つな》がったバイブのコントローラーはサラが握り、まるで鎖に繋がれた飼い犬の如《ごと》く、静香は女主人に同行する。

ハイヒールを履かされた静香は、1歩ドアの外へ出た途端、冷たい風にコートの裾がめくれそうになって肝を潰した。そのくせ、身体の芯はカッカと燃えている。股間に埋め込まれている異物が気になって、早くスイッチを入れて欲しくて、爆乳の奥がドキドキしている。

「階段ヲ使って、下マデ降りマショウカ」

サラは何か企んでいるのか、エレベーターとは反対方向にペットを連れて歩いた。

しかし、非常階段を降り始めた2人の足は直ぐにストップしてしまった。行く手に先客がいたのだ。オレンジの髪の若い女と、黒っぽいロングコートを着た男のカップルが、階段に座ってイチャついている。

「あの2人、この階段デSEXするツモリデスネ」

一見して、サラはそう見抜いた。

「シズカも、こんな場所でSEXしたいんじゃアリマセンカ？」

「そんな……」

外から丸見えの場所で、淫らにまぐわう男女の姿を想像して、静香は頬を赤らめる。

「シカタありませんネ、邪魔をしては悪いデス。戻ってエレベーターに乗りましョウ」

無駄足を反転させて、サラと静香はエレベーターに乗り込む。通路で誰かに出くわさないかと怯えている静香は、無事にエレベーターの扉が閉まってホッとした。

「ウフフ……もウ、こんなニしてるですカ？」

「い、いやぁ………」

ドアが閉まった瞬間に、女主人の手がコートの前を無造作にかき開いた。奴隷の生肌には、びっしょりした汗の滴が流れている。しかも、ごわごわしたコートの裏地に擦られて、処女のように敏感な乳首があられもなく勃起していた。

股間は更にひどい有り様だった。紫の模造ペニスは既にじゅくじゅくに濡れ、末端に蜜の滴が集まって、今にも床に垂れそうになっている。下腹部全体がうねるように呼吸して、充分に機能を果たしていないペニスを締め付け、何かを待ちわびてむずかっている。

「フフフッ……」

涎を垂らしている静香の下半身を見据えながら、サラはコントローラーのスイッチを〝VIBRATE〟に入れた。

「あうぅっ！」

ヴイィィィインと振動し出したシリコンシャフトに、静香は黄色い声を発した。

「と、止めてっ……お願いですからっ……止めてください…………あぁぁっ！」

誰か人が乗ってきたら、そう思うとこの刺激は辛過ぎる。切れ切れの声で、静香は哀願した。

「スレイブの分際で、マスターに口答えデスカ？　許しません。……シズカがイクまで、バイブレーターはストップしません。止めてホシケレバ、早くイク事デス」

「あはあぁぁあああっ………イ……イヤァアア……！」

壁に背中を押し付けて身悶えし、全身からドッと汗を吹き出させて白い肌が暴れ狂う。流れる汗以上に、股間の淫液はドバドバ溢れていた。その温かな流れとメスの匂いに、静香自身己の浅ましさを嫌悪してしまう。本当に自分は牝犬以下なのだと、思い知らされる。

「……さア、イキなさいッ！」

有無を言わせない声が、スイッチを〝SWING〟に切り替えた。

「くあぁあああぁあぁあぁッ……!!」

人工ペニスが牝犬のヴァギナの中でぐねぐね動き回り、媚肉を掻《か》き回して跳ね躍る。

「はうっ……んっ……んはあぁぁぁんっ……！」

くぐもったバイブ音と、熱病に冒されたような荒い吐息が密室に反響している。

「イクまで止めマセンヨ」

チーンと、一旦1階に着いてドアを開いたエレベーターだったが、サラは降りずに最上階のボタンを点灯させた。

ドアが閉まってエレベーターが上昇を始める。本当に静香が絶頂するまで、何度でも往復を繰り返す気だ。つまり、それだけ人目につく可能性が増えていく訳だ。

(あぁぁん……早く………早くイカないと！)

観念した奴隷は下半身に気を集中させ、1秒でも早くエクスタシーに達しようと睫毛《まつげ》を伏せる。

下品に広がった花弁は、グロテスクな特大サイズのイミテーションチンポをぱっくり咥《くわ》え、歓喜の涙を垂れ流しながら悩ましく蠕動《ぜんどう》している。

「こうやって理由をツケテあげればヨロコンデ淫乱になって……。本当にスキモノですね、シズカは」

「あひぃいいいいっ……ひっ………はあああぁあああぁ……！」

もうバイブの事しか考えられなくなっている静香は、破廉恥にも自分で乳房を揉《も》みしだき、ふしだらに腰を揺すって昇り詰めていく。

「ああっ………イクっ……イクうっ………イキますうぅうっ……！　あっ……はあぁああああぁっ!!」

総身の体毛を逆立て、収縮する肉壁から夥《おびただ》しい量の汁を飛ばしながら、静香はエビ反って歓喜の叫びを上げた。いつ人が乗ってくるか知れないマンションのエレベーターの中で、淫らな器具を陰部に突っ込んでケダモノのように肉欲を満たしたのだ。

「フフフフ……サスガは変態の家元デスネ。……さぁ、1階デスヨ。外へ出なサイ」

恍惚《こうこつ》としている奴隷の裸体を引きずり出し、サラはマンションの外へ向かって歩いて行く。


そこは、マンションから程近い距離に位置した公園だった。辺りはすっかり暗くなり、街燈が明るく遊具を照らしている。幸いにも、人の姿は見当たらない。

「アレがいいですネ」

静寂の中、サラは奴隷を連れて、悲しげに揺れているブランコに近付いた。そして、何のためらいもなく奴隷のコートを剥ぎ取る。

「あっ……!」

当然、静香は手で前を隠す。だってここは公園なんだから。

エレベーターよりももっと恥ずかしい場所に、網タイツだけのほぼ全裸で立たされたロングヘアーの美女は、いたたまれない羞恥に奥歯を噛み締めている。そこで、ご主人様が股間のモノを引き抜いた。

「んく………っ」

ぐしょ濡れのシリコンペニスが、ねばついた糸を引きながら膣の奥からヂュルッと引きずり出され、開いた穴の奥からグプッと恥音を出した。

そして、サラは奴隷のコートのポケットに手を入れて、新たなアイテムを取り出す。小さなスプレー缶と、黒いフレームの安全カミソリだ。

「用意シナサイ」

「ああ………」

よくしつけられた奴隷は、鋭い刃を見ただけで自分の次の行動を瞬時に理解する。惚《ほう》けたような溜め息をこぼしつつ、静香はブランコに生尻を着け、ゾクゾクして大きく膝を開いていく。だが、それだけでは不充分だった。そのまま上体を後ろに反らせ、座板を腰に当てた仰向けのポーズで、両手を地面に着かせ、ハイヒールの爪先《つまさき》で下半身を支える。これで、ご主人様にオマンコを捧げる体勢は完璧になる。でも、かなりキツイ格好だ。それがまた、奴隷心を焚《た》き付ける。

そんな恥辱のポーズで最開脚された股間に、サラはブシュウウウウウッと、白い泡のスプレーを吹き付けた。シェービングクリームの泡だ。サラは静香の陰毛を剃《そ》り落とそうとしているのだ。

緑色のヘアーが木目細かな泡に隠され、メントールの香りが熱っぽい肌に染みていくようだった。

「さア、綺麗《きれい》にしまショウ」

声だけは優しく、サディストが下ろしたての刃を震える恥丘に近付ける。

輝く刃先が、泡沫《ほうまつ》の海へと沈みこんでいく。

ジョリリリッと気持ちよく、カミソリが女の膨らみの上を滑り、白い泡とヘアーを除去して、ブツブツの出来た柔らかい地肌を露出させた。

「あうぅぅぅ……………」

奇妙な快感が、奴隷の末梢《まっしょう》神経をジンジン痺れさせる。

カミソリはクリトリスすれすれの所でストップし、また別の角度から柔らかい丘を撫でていく。

「ひっ⁉　ひうぅぅぅぅっ！」

大事な部分の毛を剃られている羞恥心と、肉芽が斬《き》れてしまうかも知れない恐怖心が、マゾヒストの肉体を戦慄かせて、また花唇の間からラブジュースを滲《にじ》ませる。

「動くとオマンコが切れチャイマスよ」

毛深かったヘアーが、徐々に面積を狭めていく。その様子は、地肌に触れる空気の冷たさで目視しているように感じられた。

「はぁぁっ……んっ…………あぁぁぁ……」

感じる部分をいじられている訳でもないのに、甘美な快感が静香の体内を駆け巡っている。

大陰唇、鼠蹊部《そけいぶ》、太腿の内側にまで、静香は恥ずかしい体毛を生やしていた。そして最後にアナルの周りを刃先が細かく動き、青い目が肉襞の重なり合っている部分までよくチェックして、剃毛《ていもう》の儀式は終了した。

「自分で見てミナサイ。どんな気分デスカ？」

苦しい体勢から身を起こし、静香はすっかり裸にされてしまった己の下腹部を見やる。

「ああっ………」

ゆでたての卵のようにつるりとした、幼子のように清らかな恥丘を目の当たりにして、24歳の女は顔から火が出る思いだった。

つるつるの柔肉の奥には、今までヘアーに隠れて分からなかった猥褻《わいせつ》な色のビロビロの粘膜襞が、残った泡と淫汁にまみれて嫌らしく口を広げている。それを見てしまって、静香の劣情は一気に燃え盛った。

「あああぁぁ……ご、ご主人様…………。もう……静香はアソコが疼いてたまりません！……どうかお慈悲を……お慈悲をください！」

年下の金髪娘にすがって、静香は泣き叫んだ。

「さっきイカセテアゲタばかりじゃないですカ。辛抱のないスレイブですネ」

「でしたら……自分で処理しますから…………オナニーの許可をください。もう………アソコが熱くて我慢出来ません！」

人間としてのプライドなど元から持っていないかのように、静香は土下座をして、主人のハイヒールを舐めて哀願する。

「…………そんなに欲しいノナラ、いいデショウ。別の場所で、楽しませてアゲマス」

そう言ってサラは、ここから徒歩で3分程の、地下鉄の駅を目指した。

2人が駅のホームに入ると、電車は直ぐにやって来た。それに乗り込み、満員に近い車両の真ん中で奴隷の立ち姿が深呼吸をする。

言うまでもなく、静香は素肌にコート1枚を羽織っているだけだ。それだけでも十二分に怪しいスタイルだ。ただでさえ注目を浴びる爆乳の先端が、コートを突き破りそうに激しく突き立っているいるのだ。大勢の乗客からの奇異の視線が、彼女の肢体をグサグサ突き刺してくる。静香は恥ずかしさで顔を上げられなかった。特に、目の前で吊革を掴んでいる、赤いスーツに知的な眼鏡をかけた女性の視線には苦痛を感じる。

一体この燃えている肉欲を何処《どこ》で満足させてくれるのだろう。不安がりながら、静香は肉裂を慰めてしまいたい衝動を抑え、車両の揺れに身を任せている。

やがて、車内アナウンスが次の駅が近付いた事を告げ、停車して開いたドアから新たな乗客が乗り込んでくる。

そこで、なんとなく目線を上げた静香はハッとした。見覚えのある2人の男の姿を瞳に捉《とら》えたからだ。身長2メートルはあろうかという巨体に、プロレスラー並の筋肉をくっつけた外国人のマッチョマン。忘れもしない、最初にサラに陵辱された時、あの2人の男にレイプされたのだから。その後も何度か顔を見た事がある、静香同様サラの奴隷にされている男たちだ。

サラは何処にいるのか、人ゴミに紛れて姿が見えない。

2人のマッチョは静香を見付けると、強引に巨体を動かして震える肌に接近してくる。

(まさかココで⁉)

どこかのSMクラブにでも連れて行かれるものと思い込んでいた静香は、この満員電車が淫戯の場だと悟って顔色を変えた。

「あぁ……………っ」

分厚い胸板に前後からサンドイッチされ、静香の肉体が切ない吐息を漏らした。

有無を言わさずコートのボタンが外され、いかつい手で固くなっているデカ乳を揉み回される。

(イ……イヤッ…………周りの人に見られちゃう………!)

大っぴらにコートを全開させていないとは言え、ちょっと覗き込まれれば裸身を悪戯《いたずら》されている事など即《おく》バレてしまう。今度ばかりは、マゾヒストの欲情も震え上がった。しかし、男どもは何も臆《おく》する事なく、女体の愛撫《あいぶ》を続けている。

ところが、乳房を粗雑にいじめられ、腰周りを撫で回されているうちに、やはり静香は身をくねらせ始めた。

（あああっ……こんな場所でも感じてしまうなんて！）

自分が女である事を呪いつつ、マゾ奴隷は太い指の動きに合わせて腰をグラインドさせている。

「イイ……ああっ…………か、感じちゃううぅ…………っ」

下半身を責めてくる指が、ツルツルのドテを執拗にこね上げ、やがてクレヴァスの奥に分け入って肉の真珠を擦り、ぬめった肉壺にずっぽり入り込む。

「あはぁああぁっ…………！」

抑えきれない嬌声《きょうせい》が、恥知らずな唇からどんどん溢れ出す。

ぐちっ……ぐちゅっ……ぬぷっ……。ちょっとした男根ぐらいの太さがある指に濡れ壺をピストンされ、静香は立っているのが辛くて手すりにしがみついた。

「あうっ……んあっ、んあぁぁぁんっ…………！」

乳首と膣を同時に乱暴され、周囲の状況を見失った意識が他人の耳に聞こえる声を出し始める。

「すごいぃぃ…………あぁ、もっと……もっとオマンコいじってぇええっ……！」

車内いっぱいにメスの臭気を充満させ、由緒正しき家元の理性がどろどろに溶けてゆく。

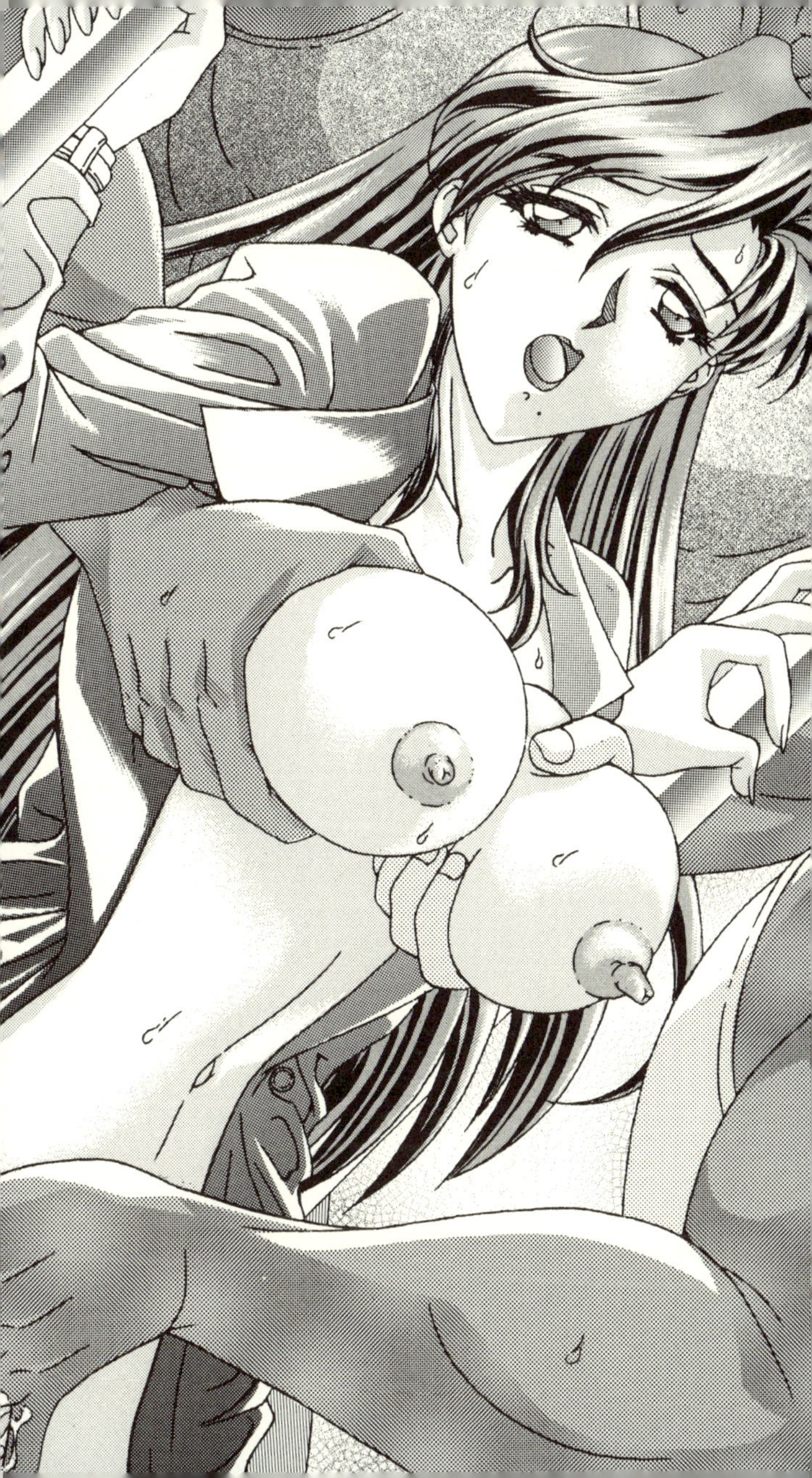

そしてとうとう、裸肌に羽織ったコートが剥ぎ取られ、静香は満員電車の中で色情狂の本性を公開した。

「お願いぃぃ……ああっ、見ないでぇぇぇ………」

変態女の痴業に車内は騒然となって、無数の視線を浴びながら、静香は悦楽の奈落へと急降下していく。

まるで、大勢の乗客全員にレイプされているような錯覚に陥って、静香は最後の恥汁をほとばしらせる。

「ああっ………イイッ……イイッ……気持ちイイィッ……!!」

激しくこね搾られる乳房、ベロベロめくれる肉びら。完全に身体を投げ出した静香は、爪先が床から浮いて躍っている。

「イクうっ!!……ああっ、イッちゃううううっ………!!」

好奇な視線に注目されながら、白い肌がグググッと伸び上がって反り返り、最高の幸せに包まれて散ってゆく。

人々のざわめきが聞こえる。しかし、今の静香にはそんな些細な事はどうでもよかった。

（あぁぁ…………見られるのって……ステキ………）

甘く気だるい余韻に包まれて、静香はそのまま眠るように意識を失った。

※　※　※

意識が回復した時、静香は再び408号室にいた。いつも女主人に抱かれるベッドに寝かされ、傍らにはそのご主人様が腰掛けていた。

「シズカ……アナタはワタシにウソをツキマシタね。ワタシがここにクルマエニ、何をシテイタのデスカ?」

「そ、それは…………」

まだハッキリしない思考の中で、静香は答えを模索した。

「正直にイイナサイ」

「あ…………それは…………その…………。む、向かいの家から…………若い男の人が…………私の着替えを覗いていて…………」

それだけを告白して、とりあえず弟子との密会は隠しておく。嘘《うそ》は吐いていないし、サラがその話に興味を持ってくれればいい。静香はそう考えた。

「覗かれて興奮したのデスカ?…………シズカらしいデスネ」

サラは覗きの話に興味を持ってくれた。だが静香は、自分が誰にでも尻尾を振る牝犬よばわりされても返す言葉が無い。

するとサラは、新しい遊戯を思い付いたのか嬉《うれ》しそうに微笑《ほほえ》んだ。

「その覗き魔ノ彼は、シズカのヌードを見てマンゾクしたと思いマスカ？」

「…………そこまでは分かりません」

「若い男の子ガ、シズカのヌードを見てオナニーしていたら……嬉しいデスカ？」

「……………………」

その問いには答えられず、静香は黙って頬を赤らめ、こっくりと頷いた。

「では、彼にもっといいものを見せてアゲマショウ」

サラは奴隷の腕を取り、ベランダの前まで引っ張って行き、シャッとカーテンを全開させた。目の前の住宅の窓には、まだ望遠鏡が据え付けられたままになっている。

「シズカのオナニーを見せてアゲレバ、きっと彼もイッショにオナニーしてくれるハズデス」

強引な理論だが、まぁ可能性はあるだろう。すると、静香はいきなり手足を持ち上げられ、ベランダの端まで身体を運ばれて行った。またあの2人のマッチョマンが現れたのだ。

「いやあぁぁぁぁっ！」

左右から太い腕に抱え上げられた裸身は、幼児がオシッコをするポーズでベランダの手すりの上にせり出され、唾液で濡らされた極太バイブを陰裂にぶち込まれた。

「ああっ、こんな……こんなのってえぇぇ…………」

4階の高さから地上に転落するかも知れない恐怖心からか、それともさっきのより太いバイブがたまらないのか、マゾ奴隷は夜の街に向かって叫ぶ。

「ホラ、早速カーテンが開きましたヨ」

覗き魔はずっと部屋にいたのだろう、静香の声を聴いて、直ぐに望遠鏡を覗き始めたようだ。

「イクトコロヲ、見せてアゲナサイ」

コントローラーを操作しながら、サラは覗き魔のシルエットを観察している。

「彼は静香ノお尻の穴マデ見てマスヨ」

「見ないで！　ああっ、どうか見ないでぇぇぇ…………っ」

だが、バイブのパワーをMAXにされると、奴隷は抵抗などできずによがり声を上げる。

「あああぁ……イッちゃうッ！……こんな凄《すご》いの……直ぐイッちゃうぅうううっ‼……イヤッ！　出ちゃう…………あああぁ許してください！……出ちゃうからここで許してぇえええぇぇえぇッ‼」

普通のエクスタシーとは異なる、特別なものが静香の下半身に押し寄せている。でも、当然サラはバイブを止めてはくれない。

「あぁぁん……出るぅううぅ……オシッコが、出ちゃうぅううぅッッ！　あああぁあああああぁぁあぁッ‼」

事切れたような絶叫と共に、プシャアァアアアアアァアッ！と黄金の水流が、バイブを咥えた穴の上の小孔から噴き出し、夜空に虹を描いて地上に降り注いだ。

最も恥ずべき排泄の姿を見られてしまった絶望感。放尿そのものがもたらす生理的な開放感。それらが渾然《こんぜん》一体となった快感に全身を支配されて、静香は今日何度目かの昇天をした。

「あふぅぅう……………………」

長い脱力感の後、サラたちは奴隷の部屋から去り、静香は単身シャワーを浴びて身を清めた。

奴隷の務めを終え、ドアに鍵《かぎ》を掛けて、静香は来た時と同じく、優美な着物姿で階段を下って行った。

何故エレベーターではなく非常階段を使ったのか？　それは彼女自身にも分からない。無意識がそうさせたとしか言えなかった。

そして、静香は見つけてしまった。２時間程前に見かけたカップルが残していった、愛の痕跡《こんせき》を。

「あ……やっぱり、あの人たちココで………」

静香の爪先に、薄桃色をしたゴム製のサックが落ちている。生臭い白濁液をいっぱいに満たした避妊具が、冷たくなって置き去りにされていたのだ。

若い男女が屋外の非常階段でSEXをしていた。熱い肉棒が女の肉園に入り込み、激しく摩擦運動をして情熱をほとばしらせていた。そう考えると、疲労しきっているはずの肉体がくすぶり出し、瞬く間にメラメラと炎を上げる。

思わず静香はどろどろのコンドームを拾い、粘性が無くなっているスペルマを手の平に広げ、思いきり臭いを吸い込んで胸を高鳴らせる。

「はあぁぁ……どうして、なの…………」

自分が恐かった。こんなにも何度も何度も欲しくなってしまう自分が。弟子に犯されただけでは満足できない。もっと太くて逞《たくま》しくそそり立った、生の男根に犯されたい。それが本当の静香の願望だった。

そこへ、突然聴き慣れない男の声が聞こえてきた。

「いやらしい人だ。他人のSEXがそんなに羨《うらや》ましいんですか?」

ハッとした静香が振り向くと、そこにはタートルネックのセーターにコートを羽織った若者の立ち姿があった。あのカップルの男の方だ、静香は一目でそう分かった。

男はアイドルタレントみたいに白い歯を見せながら、和服美女の肩を抱いて耳元で囁く。

「そんなに男が欲しいのなら、ボクが満足させてあげましょうか?」

「え…………」

静香は顔を真っ赤にするだけで、返事など出来ない。

「犯して欲しいのかと訊《き》いてるんです。……言わなければ、してあげませんよ」

悪魔の誘惑に、静香はつい本音を吐いてしまった。

「あ…………待ってください……。お、犯して……ください。私……男の人が欲しくてたまらないんです。…………乱暴に、犯して欲しいんです！」

「分かりました。ここでは何ですから、下の公園に行きましょう」

「ああっ……」

禁断の台詞を口にして、静香は病人のように男によりかかり、よろよろと階段を降りて行く。これが予想外の展開をみせる事などと考えもせずに。


「ああっ……太いぃいいいッ…………あなたのチンポ……素敵ぃいいッ！」

さっきサラに剃毛された公園で、今度は名前も知らない男にレイプされている牝犬のよがり声が聞こえる。だがその様子は、もう1人別の男に全て見られていた。マンションの向かいの家に住んでいる、あの覗き魔だ。その事を、コートの男は少し前から気付いているようだった。

「そんな所で見てないで、君もこっちへ来いよ。2人で犯してあげた方が、彼女も喜ぶよ」

その言葉に、静香は驚いて顔を上げた。

「あ……貴方…………。また見ていたのね…………………」

確かにあの覗き魔だ。静香は彼の顔をよく記憶している。学生らしい風貌の、おどおどしてズボンの前をこわばらせた青年が、恥ずかしそうに植込みの陰から顔を出している。

「ご、ごめんなさい……………」

童貞の覗き魔は、覗いていた本人を前にして、しおらしく頭を下げる。

「いいんです……。それより、私の恥ずかしい姿を見て……満足してくれましたか？」

コートの男のモノをヴァギナに咥え込んだまま、静香はずっと気になっていた青年に語り掛けた。それだけでなく、驚いている青年のベルトを外し、青臭いペニスを直接手でしごいてやりりっている。

「ああっ……お、お姉さん…………」

「こうやって……私のオマンコをみながら……オナニーしてくれたんですか？……固くなったペニスをしごいて……スペルマをたくさん発射してくれたんですか？」

「ご、ごめんさい！……お姉さんがあんまり綺麗だったから………我慢出来なかったんです………あううぅ……」

「ううん……いいんです。私は、嬉しいんです…………。貴方みたいな人に……オナペットにして貰えて…………。ああっ、スゴイ！……こんなに汁がいっぱい出てる……！」

若さでカチカチの肉棒を握って、牝犬が大喜びしている。

「こんなに先が赤いなんて……まだ童貞なのね……嬉しい！…………お願い……この

ピクンピクン跳ねてるオチンチンを……私のオマンコに入れてください。……貴方に……私のオンナを犯して欲しいんです……。貴方の好きにしてください。でないと、覗いた事を訴えます！」

青年は信じられないと言いたげな顔をしていたが、コートの男に促されて、静香の裸身に身体を重ねていった。

「お姉さんのオッパイ凄いや……」

「ううん………揉んで！　滅茶苦茶にしてぇ！」

1メートルの爆乳にむしゃぶりつきながら、青年は活きのいいペニスをグロテスクな肉襞の中心に突き入れる。

「はうううぅうううぅうぅううん!!」

18歳なんて若い男根は初体験だ。静香は悶え狂い、何もかも捨て去って、性欲の奴隷と化している。

「くはぁあああぁん……オッパイをもっと揉んで！　乳首を摘んでぇええぇ！………ああぁっ、オマンコッ！……オマンコが気持ちいいぃッ!!……あぐぅ………」

前からコートの男に貫かれ、静香は串刺しファックに五体をくねらせる。

「むぐ……うぐふぅうううぅッ！」

2人共年下の若者だ、体力は申し分無い。この夜静香は、味の違うスペルマを代わる代わる膣と直腸と喉の奥に浴び続け、朝までよがりまくった。

「私…………私…………乱暴にされるのが好きなんです……。私をいじめてくれる人じゃないと……好きになれないんです…………！」

やっと見つけた本当のご主人様。静香はこの幸せを逃すまいと、渾身《こんしん》の膣力で若い肉根を締め付けていた。

「ほらっ、シズカさん、もっと脚を広げてよ。肝心の綺麗なオマンコが、見えないじゃないか～」

命じられるままに、肉奴隷は大きく膝を開いて、愛液に濡れた性器を丸出しにする。彼女は全裸にコートを羽織り、乳首にピアス、首に飼い犬の鑑札を巻き、右手で握ったもう1人のご主人様の肉棒を美味《おい》しそうにしゃぶって、カメラ目線でニッコリ微笑んでいた。

「う、上手くなったなあ、シズカ。君のフェラテクは最高だよ」

「ありがとうございます。タカユキ様」

夜の公園で、3人は投稿写真雑誌に送るための撮影を行っていた。

「いい格好だぞ、シズカ。最高に猥褻な格好だ」

カシャッ、カシャッと、幾度となくシャッターが切られ、静香はフラッシュの中で幸せを噛み締めた。

それから、その写真は見事猥褻写真の〝大賞〟に選出された。

「ねえご主人様。載りましたよ、私たちの写真」

「ま、俺が写ってるんだから当然だな」

「上条さんの顔写って無いんだから、これはシズカさんのお手柄ですよ」

「カツヒコ様、やさしい……」

顔面にぶちまけられたスペルマシャワー、肉裂からほとばしる黄金色の小便、恍惚に歪んだ色情女の顔。全てが抜群の下品さを誇っての受賞だった。

「私、お2人の奴隷になれて本当に幸せです…………」

そしてまた、家元は今夜も乱れ狂う。

使用済〜CONDOM〜〈完〉

あとがき

ギルティソフト未体験の貴兄へ

本書の原作であるPCゲーム「使用済」の製作元〝ギルティ〟は、数あるソフトハウスの中でも、陵辱系・官能小説的作風で知られる稀有なパソゲーブランドであります。（コメディ色の強い本作は異色作と言えますが）殊に官能小説ファンで、最近の18禁アニメや成年コミックにご不満な方々には自信を持ってプレイをお勧めする、コアでディープな世界がCD－ROMの中に詰まっておりますので是非ご購入を。

WINDOWSパソコンなんか持ってないやいとおっしゃる皆様にも朗報がございます。何とギルティソフトの初回限定版には、ゲーム本編より面白いと大評判の（それはそれで問題かもしれない）〝オナニーボイスCD〟が付属しておりまして、オーディオCDプレイヤーにて美人CV陣による3文字・4文字大炸裂の濃厚官能ドラマを手軽にお楽しみ頂ける手筈になっておる次第です。

まずは試しに、中古ショップ（本当は中古販売はいけないんだけどね）で初回版を購入してみましょう。すると、次は必ずギルティの新作ソフト予約したくなってしまうからアラ不思議。

さぁ、今すぐギルティソフトをGETしよう！　全作集めると、身長が伸びたり成績が上がったりするかもしれないよ。

2000年3月吉日

使用㊢～CONDOM～

2000年５月10日　初版第１刷発行

著　者　萬屋 MACH
原　作　ギルティ
原　画　犬･よしき

発行人　久保田 裕
発行所　株式会社パラダイム
〒166-0011東京都杉並区梅里2-40-19
ワールドビル202
TEL03-5306-6921 FAX03-5306-6923

装　丁　林 雅之
印　刷　ダイヤモンド･グラフィック社

乱丁・落丁はお取り替えいたします。
定価はカバーに表示してあります。

既刊ラインナップ

1 悪夢 ～青い果実の散花～ 原作:スタジオメビウス
2 脅迫 原作:アイル
3 痕 ～きずあと～ 原作:リーフ
4 慾 ～むさぼり～ 原作:May-Be SOFT TRUSE
5 黒の断章 原作:Abogado Powers
6 淫従の堕天使 原作:DISCOVERY
7 Esの方程式 原作:Abogado Powers
8 歪み 原作:May-Be SOFT TRUSE
9 悪夢 第二章 原作:スタジオメビウス
10 瑠璃色の雪 原作:アイル
11 官能教習 原作:テトラテック
12 復讐 原作:クラウド
13 淫Days 原作:ルナーソフト
14 お兄ちゃんへ 原作:ギルティ
15 緊縛の館 原作:XYZ
16 密猟区 原作:ZERO
17 淫内感染 原作:ジックス
18 月光獣 原作:ブルーゲイル
19 告白 原作:ギルティ
20 Xchange 原作:クラウド
21 虜2 原作:ディーオー
22 飼 原作:13cm
23 迷子の気持ち 原作:フォスター
24 ナチュラル ～身も心も～ 原作:フェアリーテール
25 放課後はフィアンセ 原作:スィートバジル
26 骸 ～メスを狙う顎～ 原作:SAGA PLANETS
27 朧月都市 原作:GODDESSレーベル
28 Shift! 原作:Trush
29 いまじねいしょんLOVE 原作:U・Me SOFT
30 ナチュラル ～アナザーストーリー～ 原作:フェアリーテール
31 キミにSteady 原作:ディーオー
32 ディヴァイデッド 原作:シーズウェア
33 紅い瞳のセラフ 原作:Bishop
34 MIND 原作:まんぼうSOFT
35 錬金術の娘 原作:BLACK PACKAGE
36 凌辱 ～好きですか?～ 原作:アイル
37 My dearアレながおじさん 原作:ブルーゲイル
38 狂*師 ～ねらわれた制服～ 原作:クラウド
39 UP! 原作:メイビーソフト
40 魔薬 原作:FLADY
41 臨界点 原作:スィートバジル
42 絶望 ～青い果実の散花～ 原作:スタジオメビウス
43 美しき獲物たちの学園 明日菜編 原作:ミンク
44 淫内感染 ～真夜中のナースコール～ 原作:ジックス
45 MyGirl 原作:Jam

PARADIGM NOVELS シリーズ情報！

Kanon
−カノン−

雪降る街の、5つのラブストーリー

Next Story: **Makoto Sawatari**

2000.5.

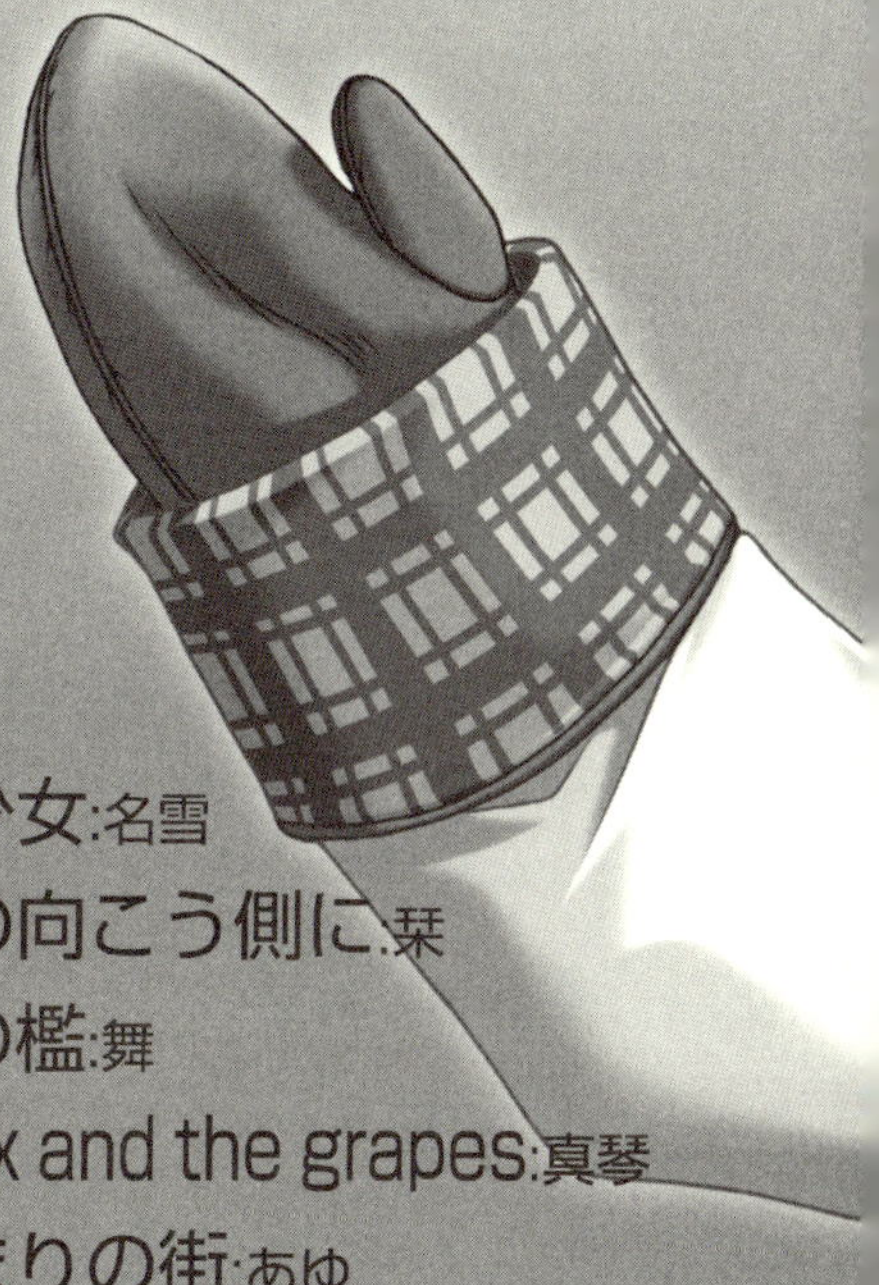

Vol. 1　雪の少女:名雪

Vol. 2　笑顔の向こう側に:栞

Vol. 3　少女の檻:舞

Vol. 4　the fox and the grapes:真琴

Vol. 5　日溜まりの街:あゆ

〈パラダイムノベルス新刊予定〉

☆話題の作品がぞくぞく登場！

83.螺旋回廊

ru'f　原作

島津出水　著

インターネット上で繰り広げられる、不可思議な体験。主人公がレイプ情報専門のホームページで見つけた秘密とは…？

85.夜勤病棟

ミンク　原作

高橋恒星　著

医者の竜二は、かつて体を奪ったことのある女医から、妙な依頼を受ける。それは看護婦に実験と称し、調教を施すことだった！

90.Kanon

～the fox and the grapes～

Key　原作

清水マリコ　著

『kanon』第４弾。祐一に襲いかかる、ひとりの少女。記憶をなくしたまま、なぜか彼を憎む真琴の真意は？